Glamour! Talent!

Ein Star sein!

Ruhm und Reichtum sind vielleicht schon in greifbarer Nähe!

Willkommen in der

Fame School

*Mein Dank geht an Fran, den Pferdeflüsterer,
und an Seb für alle seine Tipps in Sachen Schlagzeug
sowie an David White und Lindsey North
für vieles andere.*

*Für meinen Sohn Gavin in großer Liebe.
Für Paul, immer.*

Cindy Jefferies

Fame School

Rivalen

Aus dem Englischen
von Anne Braun

Klopp · Hamburg

In der Reihe *Fame School* von Cindy Jefferies
sind erschienen:

Die große Chance
Rivalen
Im Scheinwerferlicht

FSC
Mix
Produktgruppe aus vorbildlich bewirtschafteten Wäldern und anderen kontrollierten Herkünften
Zert.-Nr. GFA-COC-001262
www.fsc.org
© 1996 Forest Stewardship Council

Die Originalausgabe erschien unter den Titeln
»Fame School: Secret Ambition« und »Fame School: Rivals«.
First published by Usborne Publishing Ltd., England, 2005
Aus dem Englischen von Anne Braun
Einband von Stella Baggott
Reproduktion: Die Litho, Hamburg
Druck und Bindung: Friedrich Pustet, Regensburg
Printed in Germany 2009
ISBN 978-3-7817-0961-4

www.erika–klopp.de

Inhalt

Teil 1: Pop 'n' Lolly

Teil 2: Danny

Teil 1: Pop 'n' Lolly

Was ist nur los?

Poppy und Polly, die berühmten Lowther-Zwillinge, bekannt als Pop 'n' Lolly, stolzierten hinter dem Supermodel Tikki Deacon über den Laufsteg. Alle drei trugen exotische Designerkleider und lange, glitzernde Chiffonschals. Die ohrenbetäubend laute Musik schien sie förmlich vorwärtszutreiben und sie setzten jeden Schritt genau im Takt.

Am Ende des Laufstegs angekommen, vollführte Tikki eine schwungvolle Drehung und rauschte hocherhobenen Hauptes an den Zwillingen vorbei, wobei der Saum des Seidenkleids ihre Knöchel wie Wellen umspielte. Pop machte ebenfalls kehrt, doch mit ihrer eineiigen Zwillingsschwester stimmte etwas nicht: Lolly war stehen geblieben und starrte wie hypnotisiert in die Scheinwerfer, die auf sie gerichtet waren. Geistesgegenwärtig und ohne dabei aus dem Takt zu kommen, drehte Pop sich rasch noch einmal um, packte ihre Schwester am Arm und zog sie mit sich. Mit eisernem Griff führte sie Lolly über den Catwalk zurück – mit dem hüftschwingenden Model-Gang, den sie so lange eingeübt hatten, dass er ihnen längst in Fleisch und Blut übergegangen war. Als sie hinter dem Vorhang verschwanden, ertönte zuerst amüsiertes Gelächter, dann ein donnernder Applaus.

»Was um alles in der Welt habt ihr euch dabei gedacht?«, wurden sie von einer wutschnaubenden Tikki empfangen. Für ihr jähzorniges Temperament war Tikki Deacon fast ebenso bekannt wie für ihr phänomenales Aussehen und ihren Jetset-Lifestyle. »Wie könnt ihr es wagen, mir die Schau stehlen zu wollen?«, fuhr sie ungehalten fort. »Ihr hättet euch gleich nach mir umdrehen und dicht hinter mir bleiben sollen! Und was macht ihr stattdessen? Bleibt wie zwei Bekloppte vorne am Catwalk stehen! Für wen haltet ihr euch?«

»Entschuldigung«, murmelte Pop. »Ich glaube, Lolly kriegt 'ne Grippe oder so.«

»Dann halte sie mir ja vom Hals!«, fauchte Tikki und wich entgeistert in einen Kleiderständer zurück. »Ich habe nächsten Dienstag ein Fotoshooting in Acapulco, das auf keinen Fall platzen darf.«

Lolly hatte bereits angefangen, sich an Ort und Stelle umzuziehen. Hinter der Bühne ging es immer chaotisch und so eng zu, dass man sich kaum rühren konnte. Zudem hatte jemand einen Kleiderständer genau in die Ecke geschoben, die für die Zwillinge vorgesehen gewesen war. Garderobieren wieselten überall herum, um die teuren Kleidungsstücke an sich zu nehmen, sobald die Models sie ausgezogen hatten. Tikki Deacon schien dieses Chaos allerdings nichts auszumachen. Resolut kämpfte sie sich zur Tür durch, während sich Pop nach einem wütenden Blick auf Lolly ihr wunderschönes Kleid vom Leib riss.

»Um ein Haar hättest du *alles* ruiniert«, zischte sie. »Wenn wir Pech haben, wird Tikki in Zukunft nicht mehr mit uns arbeiten wollen und dann wird uns dieser Designer nicht mehr buchen!«

Sie drückte ihr Kleid und den Schal einer wartenden Garderobiere in die Arme und kämpfte sich auf der Suche nach ihren eigenen Sachen durch das Gedränge. Nach wenigen Minuten war sie zurück, in ihrer eigenen Jeans und Jacke.

»Was ist mit dir los?«, fragte sie und reichte Lolly deren Jeans. »Normalerweise bist du doch nicht so verpeilt.«

»Entschuldige«, murmelte Lolly. »Aber die Grippe ist es bestimmt nicht.«

»Weiß ich doch«, sagte Pop kopfschüttelnd. »Mir fiel nur auf die Schnelle nichts Besseres ein.«

Die Mädchen gingen ins Foyer des Hotels, wo ihre Mutter auf sie wartete, zusammen mit der Agentin der Zwillinge, Satin Fountain-Blowers.

»Großartig wie immer, meine Schönen«, wurden sie von ihrer Mutter begrüßt. Sie eilte auf sie zu, um sie zu küssen, wich dann aber zurück. »Allerdings wäre es mir lieber, ihr hättet euch abgeschminkt.«

»Machen wir später«, erklärte Pop ihr. »Können wir bitte gleich nach Hause fahren?«

Satin nickte. »Das Taxi wartet schon«, sagte sie. »Ich weiß, ihr freut euch darauf, nach den Ferien wieder in euer Internat zu kommen. – Alles in Ordnung?«, fügte sie nach einem prüfenden Blick hinzu. Satin merkte immer schnell, in welcher Stimmung die Zwillinge waren. Sie war schon seit Jahren ihre Agentin, seit damals, als ihre Mutter ein Foto der kleinen Zwillingsmädchen an Satins Agentur geschickt hatte. Satin hatte Pop und Lolly schon viele Model-Jobs vermittelt, doch das hier war etwas Besonderes gewesen, selbst für die berühmten Zwillinge. Mit Supermodel Tikki Deacon aufzutreten war die Chance, selbst noch berühmter zu werden. Doch irgendwelche Probleme würden ein schlechtes Licht sowohl auf Satin als auch auf die Zwillinge werfen.

Pop zog die restlichen Spangen aus ihrem Haar, schüttelte es und warf sich ihre Mähne über die Schultern. Dann lächelte sie Satin schmallippig an.

»Natürlich ist alles okay«, antwortete sie unbekümmert. »Komm, Mum, gehen wir. Wir müssen noch packen.«

Pop war immer noch sauer auf Lolly, und sobald sie im Taxi saßen, ließ sie ihren Gefühlen freien Lauf. »Hast du gesehen, was sie gemacht hat, Mum?«, fragte sie entrüstet, als das Taxi losfuhr.

»Wer denn, mein Schatz?«, fragte ihre Mutter.

»Lolly! Sie hat total gepennt. Ich musste sie praktisch vom Catwalk zerren. Es war so was von peinlich! Und Tikki Deacon ist fast ausgerastet. Sie dachte, wir wollten ihr die Schau stehlen.«

»Ach was ...« Mrs Lowther schüttelte ungläubig den Kopf. »Ich fand euren Auftritt gelungen. Ihr habt beide einfach umwerfend ausgesehen ... wie immer.«

Pop drückte sich in ihren Sitz und machte ein finsteres Gesicht. »Das sagst du jedes Mal, Mum«, jammerte sie.

Lolly schwieg.

»Natürlich seht ihr beide umwerfend aus«, wiederholte ihre Mutter. »Allerdings wärst du noch hübscher, Pop, wenn du mich nicht so böse anstarren würdest wie im Moment.«

Pop richtete ihren finsteren Blick nun auf Lolly und ihre Mutter seufzte. »Du bist immer so temperamentvoll«, sagte sie zu Pop. »Warum bist du nicht so gelassen wie deine Schwester? Ich wünschte, du würdest dich nicht über jede Kleinigkeit aufregen, Schatz.«

»Es war keine Kleinigkeit«, brummte Pop. Sie verschränkte die Arme, starrte zum Wagenfenster hinaus und schwieg für den Rest des Nachhausewegs. Doch sobald die Zwillinge allein in ihrem Zimmer waren, kam Pop erneut auf Lollys Patzer zu sprechen.

»Was war nur los mit dir?«, fragte sie mit Nachdruck. »Du bist doch als Model erfahren genug, um nicht wie angewurzelt auf dem Catwalk stehen zu bleiben – selbst wenn Tikki Deacon in der Nähe ist, oder?«

»Das war es nicht«, sagte Lolly, während sie sich das Make-up aus dem Gesicht wischte. »Ich hatte kein Lampenfieber.«

»Was war es dann?«, hakte Pop nach. »Du weißt, dass

Satin sich ganz schön ins Zeug legen musste, um uns diesen Job zu besorgen. Wenn der Designer uns gut gefunden hätte, wären wir nächstes Jahr vielleicht in Paris gelaufen. Aber das hast du uns vermutlich vermasselt.«

Lolly war mit dem Abschminken fertig und erhob sich. Nachdenklich hielt sie inne. »Es ist nur so, dass …«

»Was?«

Lolly zuckte verlegen die Schultern. »Ach, ich weiß auch nicht.«

Pop musterte ihre Schwester. Es war, als würde sie in einen Spiegel blicken. Lolly hatte dieselben langen, dunklen Haare und genau dieselbe Frisur, denselben wunderbar kaffeebraunen Teint und dieselben großen schwarzen Augen, von denen alle schwärmten. Fast alles an ihnen war gleich. Dafür waren sie schließlich berühmt – für ihre makellose Schönheit im Doppelpack! Und sie standen sich so nahe, dass Pop normalerweise immer wusste, was Lolly gerade dachte. Doch im Moment hatte sie keine Ahnung, was ihrer Schwester durch den Kopf ging.

»Na, wenn *du* es nicht weißt, dann *ich* erst recht nicht«, sagte Pop irritiert. »Aber deinetwegen bin ich mir heute wie eine Idiotin vorgekommen. Bei den Proben lief alles glatt, doch als es darauf ankam, hast du die Drehung verpasst. Die Leute haben uns *ausgelacht!*«

»Tut mir leid …«

Doch Pop war nicht gewillt, ihre Schwester mit so einer knappen Entschuldigung davonkommen zu lassen.

»Ich hoffe nur, dass du aus deinem Dornröschenschlaf

aufwachst, wenn wir wieder in der Schule sind«, sagte sie warnend.

Lolly warf Pop einen trotzigen Blick zu. Dann klappte sie ihren Schulkoffer auf und begann zu packen.

Pop seufzte. Ohne Lollys Patzer wäre es ein richtig toller Tag gewesen. Sie freute sich auf das neue Trimester im Internat. Die Rockley Park Schule war einfach großartig. Sie war die beste Talentschmiede im ganzen Land für angehende Popsänger, Musiker und andere Berufe im Musikbusiness. Dort lernte man alles, was man wissen musste, um in dieser Branche Erfolg zu haben. Als Pop damals gesagt hatte, dass sie gern Popsängerin werden würde, hatte Satin ihnen diese Schule empfohlen. Und sie hatte ihnen wahrlich nicht zu viel versprochen.

»Dass ihr im Moment erfolgreiche Models seid«, hatte Satin gesagt, »bedeutet noch lange nicht, dass es ewig so weitergeht. Ihr braucht ein zweites Standbein und Popmusik ist eine tolle Idee!«

Sowohl Pop als auch Lolly hatten eine gute Stimme, eine ausgezeichnete Bühnenpräsenz und sie waren bereits so bekannt, dass der Weg zu einer Popkarriere vorgezeichnet schien. Sie fühlten sich wohl in Rockley Park, wo sie viele Freundinnen und Freunde gefunden hatten. Doch die Konkurrenz schlief nicht und Pop und Lolly konnten es sich nicht leisten, sich auf ihren Lorbeeren auszuruhen.

»In der Schule wirst du dich doch hoffentlich zusammenreißen, oder?«, ließ Pop nicht locker.

»Ich war nur einen Moment lang unkonzentriert, okay?«,

sagte Lolly. »Hör endlich auf mit deinen Vorwürfen. Ich meine es ernst.« Sie zog unter ihrem Bett ein Paar alte Turnschuhe hervor, die sie in eine Plastiktüte stopfte.

Pop seufzte. »Na schön«, sagte sie widerwillig, bevor sie ihren eigenen Koffer aufklappte.

Pop fand es sehr verwirrend, dass sie immer noch nicht wusste, was in Lollys Kopf vor sich gegangen war, als sie ihren Einsatz verpasst hatte. Sie waren beide viel zu professionell, um während eines Auftritts unkonzentriert zu sein. Doch Pop begriff, dass sie nicht länger darauf herumreiten durfte. Lolly war mit Abstand die Nachgiebigere von ihnen, doch auch *sie* konnte manchmal bockig sein. Wenn Pop ihr weiter zusetzte, konnte das Ganze in einem heftigen Streit enden und das wollte Pop nicht, vor allem nicht jetzt, kurz vor ihrer Rückkehr in die Schule. Verstohlen musterte sie ihre Schwester, die ihre Sachen am Morgen schon bereitgelegt hatte und nun fein säuberlich in den Koffer packte. Vielleicht war ja alles in Ordnung. Möglicherweise war ihr kleiner Aussetzer nur eine einmalige Sache gewesen und würde sich nicht wiederholen.

Lolly klappte ihren Koffer zu und lächelte Pop verlegen und entschuldigend an. »Ich kann es kaum erwarten, Chloe, Danny und die anderen in der Schule wiederzusehen«, sagte sie. »Sogar Tara hat mir gefehlt! Komm, du Transuse. Pack deinen Koffer fertig und schmink dich ab. Dann können wir Mum sagen, dass wir so weit sind. Wir haben nicht mehr viel Zeit und wir wollen schließlich nicht zu spät kommen!«

Zurück in der Schule

Pop und Lolly teilten sich ihr Zimmer in Rockley Park mit zwei anderen Mädchen, Chloe Tompkins und Tara Fitzgerald. Lolly liebte ihre Zwillingsschwester zwar von Herzen, doch sie freute sich auch sehr darauf, Chloe wiederzusehen. Sie hatten sich erst in diesem Schuljahr kennengelernt, aber Lolly kam es vor, als würde sie Chloe schon ewig kennen. Chloe war genauso ruhig und beharrlich wie sie und das war ein erholsamer Gegensatz zu Pops überschwänglicher Art.

Nachdem ihre Eltern sie vor der Schule abgesetzt hatten, liefen die Zwillinge in ihr Zimmer im Haus Paddock. Die Gepäckstücke dort verrieten ihnen, dass Chloe und Tara schon angekommen waren. Wahrscheinlich saßen sie bereits in der Schulcafeteria.

»Beeil dich!«, drängte Lolly ihre Schwester. »Gehen wir den anderen Hallo sagen.«

»Okay.«

Als sie das Wohnheim verließen, blieb Lolly kurz stehen, um in ihr Postfach zu schauen.

»Wir haben eine Nachricht!«, sagte sie überrascht. Gespannt riss sie den Umschlag auf und Pop las über ihre Schulter mit.

»Was Mrs Sharkey wohl von uns will?«, wunderte sich Pop.

Lolly zuckte die Schultern. »Weiß der Himmel«, entgegnete sie. »Da sind wir noch keine zwei Minuten hier und schon will uns die Rektorin sehen. Hoffentlich ist alles in Ordnung.«

Sie gingen direkt hinüber zum Hauptgebäude, wo sich im ersten Stock Mrs Sharkeys Büro befand. Doch als sie an der Cafeteria vorbeikamen, sah Lolly Chloe, Danny und Tara in der Schlange vor der Ausgabetheke stehen.

»Hey, Chloe!« Lolly lief zu ihrer Freundin und umarmte sie glücklich. »Na, wie war dein Weihnachten? Schön, dich zu sehen!«

Pop fiel Danny um den Hals.

»Puuh!«, stöhnte Danny, während er sich grinsend aus ihren Armen befreite. »Wirf mich bloß nicht um!«

»War toll daheim, danke«, antwortete Chloe. »Aber es ist auch schön, wieder hier zu sein. Hallo, Pop. Ein gutes neues Jahr euch beiden!«

»Hi!« Pop umarmte nun auch Chloe.

»Bereit zum Rock 'n' Roll?«, fragte Chloe kichernd. »Ich kann meine erste Gesangsstunde kaum erwarten, nachdem ich meine Stimme endlich wiedergefunden habe.«

Chloe hatte eine wunderbare Singstimme, allerdings hatte sie einiges an Unterstützung gebraucht, bis sie wieder so laut singen konnte wie früher. Es war schön, sie jetzt so glücklich zu sehen.

»Auf, schnappen wir uns einen freien Tisch!«, schlug Tara vor und griff ungeduldig nach ihrem Tablett.

»Geht leider nicht«, sagte Lolly und wirkte plötzlich etwas besorgt. »Wir sollen sofort zur Rektorin kommen, aber vorher wollten wir euch schnell Hallo sagen.«

»Na ja, ihr könnt eigentlich noch nichts angestellt haben, oder?«, scherzte Danny. »Schließlich seid ihr gerade erst angekommen.«

»Stimmt«, sagte Lolly nickend. »Komm, Pop ... bringen wir es hinter uns!«

»Dann bis nachher!«, rief Pop ihnen noch über die Schulter zu. »Drückt uns die Daumen, dass es nichts Schlimmes ist!«

Es dauerte nicht lange, bis die Zwillinge zurück waren. Pop grinste von einem Ohr zum anderen, Lollys Miene war nicht zu deuten.

Chloe hatte ein Stück Schokoladenkuchen für Lolly aufgehoben. Jeder wusste, dass der Schokoladenkuchen von Rockley Park Lollys absolute Leibspeise war, den sie auch dann noch verputzte, wenn sie schon pappsatt war. Doch im Moment schien sie keinen Appetit zu haben. Lustlos zerdrückte sie das Kuchenstück mit ihrer Gabel und schob die Krümel auf ihrem Teller hin und her, während Pop dasaß und strahlte wie ein Honigkuchenpferd.

»Und? Was wollte Mrs Sharkey von euch?«, erkundigte sich Chloe.

»Sie will sicher, dass ihr in Zukunft Namensschildchen tragt, damit die Lehrer euch nicht ständig verwechseln, stimmt's?«, meinte Tara trocken.

Lolly schüttelte den Kopf. »Nein«, sagte sie leise und biss sich auf die Unterlippe. »Das war es nicht.«

Pop fing Chloes Blick auf und strahlte noch mehr.

»Wir kommen ins Fernsehen!«, verkündete Pop und lief vor Freude rot an. Sie nahm einen kräftigen Schluck aus ihrem Saftglas, doch weil sie sich in ihrem Eifer verschluckte, begann sie zu husten und zu prusten. Chloe klopfte ihr auf den Rücken und Tara reichte ihr eine Serviette, damit sie sich ihre tränenden Augen abtupfen konnte.

»Es geht um diese Sendung, *Kids in the News*«, erklärte Lolly, weil Pop noch husten musste. »Wie es scheint, wollen sie einen Spot über uns drehen. Es geht darum, dass wir bereits als Models arbeiten und nun auch in der Musikbranche Fuß fassen wollen.«

»Von wegen Spot«, korrigierte Pop ihre Schwester sofort, obwohl sie immer noch kaum Luft bekam und eher krächzte. »Es soll eine ganze *Sendung* werden! Und sie wollen hier drehen, in der Schule! Ist das nicht supertoll?«

»Hilfe!«, stöhnte Tara gequält und schob ihren Teller zur Seite. »Das bekommen wir in nächster Zeit sicher pausenlos zu hören. Unser Leben wird unerträglich sein.«

Lolly sah sie mitfühlend an. Tara war nicht gerade die

Umgänglichste, aber Lolly hatte das ungute Gefühl, dass Pop in den nächsten Tagen tatsächlich nur noch über diese Fernsehsendung quasseln würde, bis es keiner mehr hören konnte – und sie beide niemand mehr sehen wollte!

»Ich finde es klasse«, sagte Danny. »Vielleicht wollen sie euch ja auch beim Singen filmen«, fuhr er mit einem hoffnungsvollen Grinsen fort, »und vielleicht braucht ihr dafür einen Schlagzeuger.«

»Oder einen Tänzer!«, fügte Fire Stamp hinzu, einer von Dannys Zimmergenossen, der in diesem Moment an ihren Tisch getreten war.

Chloe lachte. »Wenn es nach uns geht, bleibt für euch beide keine Sekunde Sendezeit«, sagte sie zu Pop und Lolly. »Man wird nur eure Mitschüler sehen, die verzweifelt versuchen, sich in den Vordergrund zu drängen!«

»Ich denke, dass wir sowieso nur ein paar Minuten zu sehen sein werden«, sagte Lolly, damit sich ihre Freunde keine allzu großen Hoffnungen machten.

»Quatsch!«, protestierte Pop. »Sei nicht albern. Es ist eine ganze *Sendung*! Dreißig Minuten nur über uns! Eine einmalige Chance!«

»Sie hat recht«, sagte Chloe zu Lolly. »Wer weiß, was euch erwartet, wenn ihr erst mal im Fernsehen wart!«

»Stimmt.« Lolly schob ihren Stuhl zurück und erhob sich. »Ich gehe jetzt auspacken«, erklärte sie. »Kommt jemand mit?«

»Ja, ich«, antwortete Chloe. »Ich fühle mich erst heimisch, wenn ich meine Sachen eingeräumt habe.«

Arm in Arm gingen Lolly und Chloe durch den kalten, nebligen Abend zu ihrem Wohnhaus. Es war schon dunkel und die Laternen entlang des Kieswegs wurden von Nebelschwaden eingehüllt. Doch sobald sie in ihrem Zimmer waren, Chloe ihre neue Lampe eingeschaltet und die Vorhänge zugezogen hatte, wurde es richtig gemütlich. Chloe ließ die CD laufen, die sie zu Weihnachten geschenkt bekommen hatte, und Lolly legte die neue Tagesdecke auf ihr Bett, die sie von zu Hause mitgebracht hatte.

»Finde ich toll, dass ihr eure eigene Sendung bekommt«, sagte Chloe, während sie einen Stapel Unterwäsche in ihre Schublade legte. »Wow!«

»Ich habe echt Angst, dass Pop in nächster Zeit über nichts anderes mehr reden wird.« Lolly legte die Stirn in Falten. »Es ist ja nicht so, dass sie eine Angeberin wäre, aber wenn sie nicht aufpasst, werden bald alle sie für eine halten.«

Bevor Chloe antworten konnte, wurde die Tür aufgerissen. Pop stürmte herein und warf ihren Mantel mit einer schwungvollen Bewegung aufs Bett. Mit der bis eben noch so friedlichen Atmosphäre im Zimmer war es vorbei.

»Achtung, Aufnahme!«, rief sie kichernd und tat so, als hielte sie sich eine Kamera vors Gesicht. »Und Action! Lolly packt ihre Sachen aus und unterhält sich dabei mit einem ihrer größten Fans!«

»Siehst du? Genau das habe ich gemeint«, stöhnte Lolly laut.

Die Vermittlerin

Ungeachtet der aufregenden Neuigkeiten über Pop und Lolly begann am nächsten Morgen der Schulalltag wie immer. Rockley Park war zwar eine Schule für angehende Sänger und Musiker, aber die üblichen Schulfächer standen natürlich auch auf dem Stundenplan. Lolly war eine gute Schülerin, der die meisten Fächer Spaß machten; Pop dagegen musste sich zunächst durch Mathe, Englisch und Geschichte quälen, bevor sie und Lolly ihre erste Gesangsstunde bei Mr Player hatten.

»Mrs Sharkey hat mir von *Kids in the News* erzählt«, sagte er mit einem erfreuten Lächeln. »Das ist ja ein toller Jahresanfang für euch! Wer weiß, vielleicht wollen sie euch in einer Unterrichtsstunde filmen und ihr dürft sogar einen ganzen Song vortragen. Ich überlege mir schon mal, was ihr singen könntet.«

Nach den üblichen Stimmübungen am Anfang war Pop so unkonzentriert, dass Mr Player sie unterbrach.

»Ich weiß, dass du aufgeregt bist«, sagte er. »Aber du musst dich trotzdem konzentrieren, Pop. Trink einen Schluck Wasser und beruhige dich. Nimm dir ein Beispiel an Lolly. Sie ist voll und ganz bei der Sache.«

»Das ist sie *immer*«, murrte Pop. Aber sie bemühte sich, nicht mehr an *Kids in the News* zu denken, sondern sich an Mr Players Anweisungen zu halten.

»Wenn man sich nicht konzentriert, singt man falsch. Versucht also, die nächsten Töne so perfekt zu singen, wie ihr könnt«, sagte Mr Player zu den beiden Mädchen.

Mrs Jones spielte die Noten auf dem Klavier vor und Pop hörte ganz genau hin.

»Schon viel besser«, lobte Mr Player die Zwillinge danach. »Und jetzt nur du, Pop. Ja, allein. – Gut, *jetzt* bist du bei der Sache. Weiter so!«

Nach einer langen Mittagspause, in der viele Schüler Einzelunterricht hatten, stand auch Kunst auf dem Stundenplan. Das war ein Fach, das Pop wirklich mochte.

»Mensch, Danny«, kicherte sie, beugte sich zu ihm und begutachtete sein Werk. »Als Maler hättest du keine Chance bei *Kids in the News*! Was soll das bitte schön sein?«

Danny bemühte sich redlich, aber Zeichnen war noch nie seine Stärke gewesen. Deshalb sah er ziemlich verlegen drein, doch Lolly ergriff Partei für ihn.

»Lass Danny in Frieden«, sagte sie. »Oder fändest du es lustig, wenn er dich in Chemie auslachen würde? Und hör auf mit *Kids in the News*. Ich kann's nicht mehr hören!«

Pop funkelte ihre Schwester an. »Das könnte unser großer Durchbruch werden«, erklärte sie schnippisch. »Und *du* kannst es nicht mehr hören?«

»Ihr zwei da, hört auf zu reden und konzentriert euch auf eure Arbeit«, ermahnte die Kunstlehrerin sie und Pop musste das Thema fallen lassen.

Als es endlich Zeit zum Abendessen war, hatten alle eine Pause nötig, doch obwohl der normale Unterricht vorbei war, war der Schultag noch nicht vorüber. Es folgten die Einzelmusikstunden und Proben und danach warteten noch die Hausaufgaben.

Pop konnte es sich nicht verkneifen, erneut mit *Kids in the News* anzufangen, als sie und Lolly in die Cafeteria gingen.

»Meinst du, die Fernsehleute laufen einfach einen Tag hinter uns her? Oder dürfen wir vielleicht sogar vor ihnen auftreten?«, sagte sie.

Klappernd ließ Lolly ihr Tablett wieder auf den Stapel fallen.

Pop sah sie überrascht an. »Was ist?«, fragte sie irritiert. »Was ist los mit dir?«

Lolly schaute weg. »Ach, ich hab keinen Hunger«, murmelte sie. »Ich mache lieber einen kleinen Spaziergang.«

»Oh, dann komm ich mit!«, sagte Pop spontan. »Wir können auch später was essen.«

»Nein«, sagte Lolly resolut. »Ich möchte *allein* sein.«

Noch bevor Pop reagieren konnte, hatte sich Lolly umgedreht und marschierte davon. Pop starrte ihr betreten nach und stand noch neben der Ausgabetheke, als Chloe hereinkam.

»Wo sind alle?«, fragte Chloe und ließ ihre Schultasche auf den Boden fallen.

»Danny hat seine Schlagzeugstunde«, sagte Pop. »Fire ist, denke ich, im Tanzstudio, und wo Tara steckt, weiß ich nicht.«

»Und wo ist Lolly?«, fragte Chloe.

»Oh, sie wollte spazieren gehen ...«, sagte Pop ratlos.

»Was?«

»Dabei geht sie normalerweise nie ohne mich spazieren«, fuhr Pop kleinlaut fort. »Ich weiß nicht, was mit ihr los ist. Sie ist irgendwie komisch, seit der Modenschau mit Tikki Deacon neulich, und ich habe keine Ahnung, warum.« Je mehr Pop darüber nachdachte, desto rätselhafter kam ihr das Verhalten ihrer Zwillingsschwester vor.

Auf der Modenschau war sie wütend gewesen, vor ein paar Minuten noch verwirrt, aber jetzt wurde sie plötzlich traurig. Das Gefühl, allein zu sein und von ihrer Zwillingsschwester im Stich gelassen zu werden, war völlig neu für sie und es war ein ganz schreckliches Gefühl.

»Ich glaube fast, sie will plötzlich kein *Zwilling* mehr sein«, sagte Pop zu Chloe und tat sich richtig leid. Zwei dicke Tränen fielen auf ihren Teller und sie rieb sich schnell die Augen.

»Ach was«, widersprach Chloe. »Das kann ich mir nicht vorstellen. Ihr beide habt euch doch immer prächtig verstanden.«

»Das dachte ich auch«, bestätigte Pop schniefend. »Wir sind zum Abendessen hergekommen und alles war in bester Ordnung, und dann sagt Lolly auf einmal, sie will lieber einen Spaziergang machen. Ich wollte natürlich mit, aber da hat sie gemeint, sie möchte allein sein!«

»Das ist doch nicht so schlimm«, versuchte Chloe sie zu trösten. »Jeder muss *manchmal* allein sein.«

»Aber wir gehen normalerweise nur dann getrennte Wege, wenn wir Streit haben!«, sagte Pop mit Nachdruck. »Und heute haben wir uns nicht gestritten! Wieso hasst sie mich plötzlich?«

»Ich bin mir sicher, dass sie dich nicht hasst«, sagte Chloe. »Seinen Zwilling zu hassen, das wäre ja fast so, als würde man sich selbst hassen – zumindest stelle ich es mir so vor. Vielleicht sind es die Hormone. Meine Mutter meint, dass die Hormone einen in unserem Alter ganz schön durcheinanderbringen können. Und dann ist man grundlos schlecht gelaunt.«

»Kann sein«, räumte Pop ein. »Aber das glaube ich nicht. Sie wollte mich einfach nicht bei sich haben und ich weiß nicht, warum. Wir haben immer gewusst, was die andere denkt, aber jetzt weiß ich es nicht mehr und das ist schrecklich!« Pop fasste Chloe am Arm. »Frag *du* sie doch bitte, was los ist, Chloe. Dir wird sie es sagen.«

Chloe runzelte die Stirn. »Ich weiß nicht. Vielleicht denkt sie dann, ich mische mich in Dinge ein, die mich nichts angehen.«

Pop schüttelte den Kopf. »Ganz bestimmt nicht. Bitte!«

Chloe seufzte. »Na schön, ich werde versuchen, mit ihr zu reden.«

»Geh am besten gleich!«, bat Pop. »Sie ist sicher bei den Pferden auf der Koppel und erzählt ihnen alles, was sie mir *nicht* erzählen will.« Als Pop das sagte, glaubte sie es fast selbst und wieder schossen ihr Tränen in die Augen.

»Okay«, sagte Chloe hastig. »Ich geh schon. Nicht weinen!« Sie schlüpfte wieder in ihre Fleecejacke und griff nach ihrer Schultasche. »Aber es ist sicher nur halb so schlimm, wie du denkst.«

Chloe lief zu der Pferdekoppel, die auf der anderen Seite des Mädchen-Wohnhauses lag. Und tatsächlich, Lolly lehnte am Zaun und streichelte eines der Pferde.

»Hallo!«, sagte Lolly lächelnd zu Chloe; wegen der kalten Luft kamen kleine Dampfwolken aus ihrem Mund.

»Isst du heute nichts zu Abend?«, begann Chloe etwas unbeholfen.

Lolly hörte auf, das Pferd zu streicheln, und schüttelte den Kopf. »Nö, hab keinen Hunger. Ich hatte beim Mittagessen eine große Portion und wollte lieber eine Weile draußen sein.«

»Oh.« Chloe zögerte. »Ich habe mich nur gewundert, wo du steckst. Pop war allein in der Cafeteria und ich dachte …« Sie stockte und Lolly stöhnte.

»Pop hat dich geschickt, stimmt's?«

»Na ja, nicht *direkt*«, gestand Chloe verlegen.

»Ist sie sauer?«, fragte Lolly.

»Ein bisschen.«

Lolly seufzte. »Ich habe nur etwas Abstand gebraucht, das ist alles. Pop kann so … na ja, du kennst sie ja. Und ich wünschte, sie würde nicht nur noch über diese Fernsehsendung reden. Es geht mir wirklich auf den Geist.«

»Warum denn?«, fragte Chloe. »Ich meine, es ist doch wirklich aufregend. Ich fände es irre, wenn es um mich ginge. Denkst du nicht auch, dass es eurer Karriere sehr nützlich sein kann?«

Lolly schaute ihre Freundin an. Chloe wollte ihr und Pop nur helfen. Doch Lolly fand die geplante Fernsehsendung nun mal nicht halb so aufregend wie Chloe und Pop. Alle anderen waren vor Freude ganz aus dem Häuschen – warum war *sie* es nicht? Lolly hatte es versucht, doch je mehr über die Sendung geredet wurde, desto weniger hatte sie Lust, vor der Kamera zu stehen.

»Sag mal, was ist los?«, fragte Chloe. »Zuerst war nur Pop sauer, jetzt bist du es auch.«

»Nicht wirklich«, sagte Lolly und versuchte, ihre düsteren Gedanken beiseitezuschieben. »Ich denke, es liegt daran, dass Pop sofort für alles Feuer und Flamme ist, während ich eher zurückhaltend bin. Das war immer schon der größte Unterschied zwischen uns. – Aber es ist normalerweise nicht tragisch«, fügte sie hinzu. »Ich lasse sie machen und trabe brav mit. Manchmal wäre ich allerdings lieber ein eigenständiger Mensch, nicht nur eine Hälfte von Pop 'n' Lolly. Kannst du das verstehen?«

Chloe nickte. »Mit meinem kleinen Bruder geht es mir

ganz ähnlich, wenn er mich nicht in Frieden lassen will. Aber er ist ja nicht dauernd mit mir hier in der Schule. Als Zwilling hat man es da sicher viel schwerer, weil ihr *alles* zusammen macht. Und jetzt hat Pop Angst, dass du sie nicht mehr magst. Ich weiß, sie ist sehr impulsiv, aber sie meint, dass du möglicherweise nicht mehr ihre Zwillingsschwester sein willst.«

Lolly seufzte erneut und ihr Atem vermischte sich mit der kalten Luft. »So etwas Dummes! Dass Pop immer so maßlos übertreiben muss! *Natürlich* will ich weiterhin ihre Zwillingsschwester sein und das weiß sie. Glaub mir, sie zu verletzen ist wirklich das Letzte, was ich möchte.«

»Entschuldige«, sagte Chloe. »Ich wollte mich nicht einmischen.«

»Du mischst dich nicht ein«, sagte Lolly und versuchte, sich optimistisch zu geben. »Ich bin froh, dich als Freundin zu haben, weil du dich wirklich um einen kümmerst.« Lolly streckte ihren Arm über den Zaun, um das Pferd ein letztes Mal zu streicheln. »Komm, Chloe! Gehen wir hinein. Ich bin am Erfrieren! Ich hätte jetzt nichts gegen ein Glas heißen Tee, und wenn Pop noch beim Essen sitzt, drücke ich sie und sage ihr, sie soll nicht so dumm sein. Sie muss lernen, dass ich ab und zu mal Zeit für mich brauche. Immer alles gemeinsam zu machen ist doch doof, oder?«

Gute Nachrichten

Am nächsten Morgen fand die erste Tanzstunde im neuen Jahr statt. Alle Schüler hatten zwei Stunden Tanz pro Woche, um in Form zu bleiben, auch wenn sie keine tänzerische Karriere anstrebten. Tanzen brachte einem ein Gefühl für Rhythmus und Koordination und Spaß machte es auch.

»Zuerst ein paar Stretch-Übungen zum Aufwärmen!«, sagte Mr Penardos, der Tanzlehrer, mit seinem charmanten kubanischen Akzent und seinem rollenden R. »Arme zur Seite … und nach oben strecken! Auf einem Bein stehen, Knöchel stabilisieren! Spürt der Dehnung nach. Jetzt das andere Bein. Gut!« Er legte Discomusik auf und klatschte den Takt mit.

»Alle mitmachen, Leute! Vorwärts, zwei, drei, vier und … zurück, zwei, drei, vier. Sprung, Sprung, drei, vier, sehr schön, Fire!«

Danny stützte die Hände auf die Knie und schnappte

nach Luft, als sie fertig waren. »Ich hatte ganz vergessen, wie anstrengend Tanzen ist«, sagte er keuchend zu Lolly. »Für Fire mag es ja okay sein, schließlich will er später mal Tänzer werden, aber ich brauche zum Schlagzeugspielen ganz andere Muskeln.«

»Habt ihr euch schon überlegt, ob ihr auch Tänzer für eure Fernsehsendung braucht?«, erkundigte sich Fire, der kaum außer Atem war.

Lolly schüttelte den Kopf. »Haben wir nicht«, sagte sie. »Das entscheidet wahrscheinlich sowieso der Produzent.«

»Mrs Sharkey meinte, sie würde ihn anrufen und fragen, wie er sich das Ganze vorstellt«, warf Pop ein.

»Und solange wir das nicht wissen, können wir nicht wirklich etwas entscheiden«, ergänzte Lolly. »Tut mir echt leid …«

»Aber wir können schon mal überlegen, wie wir es uns vorstellen«, wandte Pop ein. »Und dann versuchen wir, es ihm schmackhaft zu machen.«

»Okay«, sagte Lolly achselzuckend. »Überleg du dir etwas und erzähle es mir dann.«

»Lolly!« Pop war empört. »Es betrifft uns *beide*!«

»Ruhe bitte!«, rief da Mr Penardos. »Ihr solltet euch einen Moment ausruhen. Was gibt es da so Dringendes zu besprechen?«

»Das Fernsehen kommt her, um Pop und Lolly zu filmen«, erklärte Fire voll Eifer. »Und deshalb hab ich sie gefragt, ob sie vielleicht auch ein paar Tänzer brauchen.«

Mr Penardos lachte. »Ach ja, ich habe im Lehrerzimmer davon gehört. Das ist wirklich aufregend!«, sagte er zustimmend. »Vielleicht wollen sie auch ein paar Aufnahmen im Tanzsaal drehen. In dem Fall hätten wir noch eine Menge zu tun!«

Danny stöhnte leise auf.

»Wenn ihr euch alle anstrengt, können wir bis dahin ein paar Figuren einstudieren, aber zuerst müsst ihr nach dem vielen Essen über Weihnachten wieder in Form kommen! Also, weiter! Jeder sucht sich einen Platz in der Mitte des Raums. Zuerst ein paarmal ohne Musik. Arme nach vorn, zwei, drei, vier und Schritt ...«

Die Mädchen zogen sich nach dem Tanzen in ihrem Zimmer um, als eine Schülerin aus dem Jahrgang über ihnen den Kopf zur Tür hereinstreckte.

»Ihr beide sollt so schnell wie möglich in Mrs Sharkeys Büro kommen«, sagte sie zu Pop und Lolly.

»Hey, vielleicht geht's um die Fernsehsendung!«, jubelte Pop.

Lolly warf ihr verschwitztes T-Shirt in den Wäschekorb und biss die Zähne zusammen, um nicht laut aufzustöhnen. »Na schön«, sagte sie widerwillig. »Gehen wir! Dann wissen wir mehr.«

Sie liefen zum Hauptgebäude und dann die Treppe hinauf ins Büro der Rektorin. Pop klopfte an die Tür und sie traten ein.

»Hallo, ihr zwei! Ich hatte gerade ein höchst interessantes Gespräch mit Richard Baslet, dem Produzenten von *Kids in the News*«, sagte die Rektorin, sobald die Zwillinge Platz genommen hatten.

Pop klemmte sich die Hände zwischen die Knie, um nicht vor Aufregung aufzuspringen.

»Wie es scheint, bieten die Dreharbeiten nicht nur euch beiden, sondern auch der Rockley Park Schule eine einmalige Chance, sich der breiten Öffentlichkeit zu präsentieren. Richard sagte, er wolle euch bei einer Modenschau filmen, aber auch während des Gesangsunterrichts und in anderen Situationen eures normalen Schulalltags. Als eure Agentin sich in eurem Namen für diese Sendung beworben hat, erklärte sie ihm jedoch, dass eure Mutter nicht will, dass ihr während des Schuljahrs modelt.«

Pop verzog das Gesicht, doch Mrs Sharkey war noch nicht fertig.

»Keine Bange«, fuhr sie fort, »eure Agentin hat sich ebenfalls mit mir in Verbindung gesetzt und ich glaube, wir haben eine gute Lösung gefunden.«

Gespannt hielt Pop die Luft an.

»Ich erzählte Richard, dass es durchaus möglich wäre, hier in Rockley Park eine Modenschau zu organisieren«, erklärte Mrs Sharkey den Zwillingen. »Und er fand diesen Vorschlag gut.«

Pops Miene hellte sich wieder auf. »Sie meinen, wir machen eine Modenschau hier in der Schule, speziell für die Kameras?«, fragte sie voll Eifer.

Mrs Sharkey nickte. »Ja, etwas in der Art.«

»Super!«, rief Pop und ihre Gedanken überschlugen sich. »Im Tanzstudio gibt es doch diese Holzkästen, die eigentlich für die Bühne gedacht sind. Könnten wir die nicht in einen Laufsteg umfunktionieren?«

Mrs Sharkey lachte. »Ja, das dürfte gehen«, stimmte sie zu. »Und ihr könnt gerne weitere Vorschläge machen. Eure Agentin kommt morgen vorbei, um mit euch und euren Lehrern zu besprechen, was die beste Vorgehensweise wäre.«

»Toll!«, sagte Pop.

»Und ich hoffe, dass sich auch für den einen oder anderen eurer Mitschüler die Gelegenheit bietet, sich vor der Kamera zu präsentieren«, fügte Mrs Sharkey hinzu.

»Das wäre super«, meldete sich endlich auch Lolly zu Wort. »Unsere Freunde und Klassenkameraden würden sich bestimmt freuen.«

»Ich bin froh, dass ihr es so seht«, sagte Mrs Sharkey. »Es beweist euren Großmut, den ich selbstverständlich auch von euch erwartet habe.« Mrs Sharkey war so erfreut, dass sie auf einmal gar nicht mehr so einschüchternd wirkte wie sonst, und das trotz des strengen Tweedkostüms.

»Geht morgen gleich nach der letzten Unterrichtsstunde zu Mr Player!«, fuhr sie fort. »Er wird euch bei der Auswahl eines Songs helfen, bei dem ihr zeigen könnt, was in euch steckt. Eure Agentin und Mr Penardos werden auch kommen und dann könnt ihr euch gemeinsam überlegen, wie ihr Richard Baslet das bieten könnt, was ihm vorschwebt.

Es wird eine große Sache für euch und die Schule werden. Gut gemacht, ihr zwei!«

»Es wird supertoll werden!«, schwärmte Polly, als die Zwillinge die Treppe hinunterliefen. »Was sollen wir anziehen? Es muss etwas echt Umwerfendes sein!«

»Ja«, murmelte Lolly geistesabwesend. »Aber jetzt müssen wir uns beeilen. Sonst kommen wir zu spät in Chemie.«

»Und wenn schon!«, antwortete Pop wegwerfend. »Das Gespräch mit Mrs Sharkey war wichtiger als die doofe Chemiestunde. Hat Satin das nicht wieder toll hingekriegt?«

»Mmmh«, murmelte Lolly. »Komm endlich, Pop! Du weißt, dass ich nicht gern den Anfang einer Unterrichtsstunde verpasse.«

»Mann, bist du eine Streberin!«, spöttelte Pop. »Aber gut, laufen wir um die Wette!«

Die Mädchen rannten die Stufen hinunter und durch die Eingangshalle. Beinahe hätten sie den armen Dave Fallon umgerannt, den Hausmeister.

»Hey! Passt doch auf, wohin ihr lauft!«, rief er, als sie ihm auswichen und zum Hauptportal weiterrannten.

»Entschuldigung, Mr Fallon!«, rief Pop kichernd.

Pop musste zuerst Chemie und dann noch Mathe über sich ergehen lassen, bevor sie den anderen von dem Gespräch mit der Rektorin erzählen konnte. Als die Klasse endlich den Matheraum verlassen durfte, platzte sie fast.

»Es wird wahnsinnig toll werden!«, sprudelte es aus ihr heraus. »Und ihr dürft alle mitmachen!«

»Wie das?«, fragte Chloe.

»Sie wollen auch Ausschnitte aus unserem normalen Schulalltag bringen«, erklärte Lolly sehr viel ruhiger. »Deshalb kann hoffentlich jeder von euch seine Talente zeigen.«

»Und außerdem machen wir eine Modenschau und ihr seid das Publikum!«, ergänzte Pop.

»Publikum?«, schnaubte Tara. »Ohne mich! Wofür soll das gut sein? Da überlege ich mir lieber, wie ich selbst auftreten kann, danke!« Sie wandte sich ab und marschierte allein in Richtung Cafeteria.

»Sei nicht so pampig!«, rief Pop ihr nach, doch Tara drehte sich nicht mehr um.

»Von Tara kannst du nicht erwarten, dass sie sich freut«, sagte Danny zu Pop. »Sie würde nie im Leben zuschauen, wenn ihr im Scheinwerferlicht über die Bühne stolziert!«

»Ich wette, sie kommt trotzdem«, warf Fire ein. »Nur damit die Kamera sie kurz streift.«

»Stimmt«, sagte Chloe schmunzelnd. »Jeder will ins Fernsehen und sei es auch nur für ein paar Sekunden.«

Dieser Meinung waren alle. Wie konnte jemand *nicht* ins Fernsehen kommen wollen?

Nur Lolly sah nicht überzeugt aus.

Schlaflos

An diesem Abend dauerte es lange, bis Pop endlich einschlafen konnte. Lolly war noch länger wach. Sie lag da, ohne sich zu rühren, und hörte, wie sich ihre Zwillingsschwester hin und her wälzte. Aber irgendwann wurde Pops Atem langsamer und gleichmäßig. Nun war es im ganzen Zimmer still, nur Lolly fand keine Ruhe.

An diesem Tag war Lollys Stimmung immer weiter gesunken. Nun schossen ihr plötzlich Tränen in die Augen und sie hatte das Gefühl, gleich einen größeren Heulanfall zu bekommen.

Es war schon nach Mitternacht. Mrs Pinto, die für ihr Gruppenhaus zuständige Lehrerin, die außerdem auch Biologie unterrichtete, hatte ihren Kontrollgang bereits gemacht und war inzwischen sicher längst in ihrer Wohnung. Fire und Danny schliefen in dem Jungen-Wohnhaus auf der anderen Seite des Schulgebäudes und selbst Mr Timms, von dem die Schüler wussten, dass er manchmal bis spät in die Nacht im Tonstudio arbeitete, hatte das Studio sicher längst abgeschlossen und sich schlafen gelegt.

Abgesehen von der Eule, die Lolly vor dem Fenster rufen hörte, war auf dem Schulgelände alles ruhig. Wahrscheinlich dösten sogar die Pferde auf ihrer frostigen Weide im Mondschein vor sich hin.

Lolly schlüpfte lautlos aus dem Bett und tastete nach ihrem Bademantel. Barfuß tapste sie zur Tür. Als sie mit den Knöpfen ihres Bademantels versehentlich an die Türklinke stieß, klirrte es leise und sie hielt erschrocken die Luft an. Aber niemand rührte sich. Sie ging weiter ins Badezimmer und blinzelte in das grelle Licht. Der Fußboden unter ihren nackten Füßen war eisig.

Lolly fühlte sich so elend, dass ihr das Herz richtig wehtat. Sich den ganzen Tag über nicht anmerken zu lassen, wie unglücklich sie war, war schrecklich anstrengend. Obwohl sie so erschöpft war, konnte sie nun nicht schlafen. Am liebsten hätte sie sich den Kummer, der sie fast erstickte, von der Seele geweint. Doch selbst jetzt wagte sie es nicht, laut zu schluchzen, aus Angst, jemand könnte sie hören.

Sie stieß die Tür zu einer Duschkabine auf und schloss dann hinter sich ab. Eine Duschkabine war wahrhaftig kein einladender Ort. Vor allem, da um diese Uhrzeit die Heizung abgestellt und es deshalb bitterkalt war. Selbst als sie sich auf die hölzerne Badematte stellte, blieben ihre Zehen eiskalt. Sie wickelte ihren Bademantel enger um sich und setzte sich auf den Wannenrand. Endlich konnte sie ihren Tränen freien Lauf lassen.

Lolly war immer recht unbekümmert gewesen und hatte meist getan, was ihre quirlige Zwillingsschwester vorschlug. Doch langsam begriff sie, dass das ein Fehler gewesen war. Seit sie beide die Rockley Park Schule besuchten, wurde Lolly immer klarer, dass ihr weiterer Lebensweg bereits vorgezeichnet war – aber nicht in die Richtung führte, die ihr vorschwebte. Doch wie hätte sie das ihrer Schwester sagen sollen, wo sie doch die eine Hälfte des berühmten Pop 'n' Lolly-Duos war?

Lolly war total durchgefroren, aber sie konnte nicht ins Bett zurück, solange sie noch am Heulen war. Und sie hatte das Gefühl, ihre Tränen würden niemals mehr versiegen.

Auf einmal hörte sie ein Geräusch auf der anderen Seite der Tür. Erschrocken hielt sie die Luft an. Wahrscheinlich jemand, der auf die Toilette musste. Die Tränen auf ihren Wangen kühlten ab und Lolly hätte sie gern abgewischt. Doch sie wagte nicht, sich zu rühren, aus Angst, unabsichtlich ein Geräusch zu machen und sich dadurch zu verraten. Bestimmt würde die Betreffende bald wieder in ihr warmes Bett zurückkehren.

Lolly wartete und wartete, doch niemand betätigte die Spülung. Die Kälte wurde immer unerträglicher. Vorsichtig bewegte Lolly einen Fuß, doch dabei verrutschte die Holzmatte und knarrte leise. Und dann klopfte zu ihrem Entsetzen jemand an die Kabinentür.

»Lolly? Bist du da drin?« Es war Chloe. »Hast du geweint? Bitte, mach die Tür auf!« Lolly reagierte nicht und nach einer Weile fragte Chloe: »Soll ich Pop holen?«

Lolly gab ein ersticktes »Bloß nicht!« von sich. Das war wirklich das Letzte, was sie wollte.

»Du kannst nicht die ganze Nacht da drin bleiben, Lolly! Lass mich rein, sonst muss ich Mrs Pinto holen.«

Lolly blieb reglos sitzen und überlegte fieberhaft, was sie tun sollte. Doch ihr Gehirn war wie erstarrt. Ihr war schrecklich kalt und vor Müdigkeit und Kummer konnte sie keinen klaren Gedanken fassen.

»Mach schon, Lolly!«, sagte Chloe. Es folgte eine kurze Pause. »Gut, dann wecke ich jetzt Pop auf. Sie wird wissen, was zu tun ist.«

Lolly gab sich geschlagen. Sie beugte sich vor und schloss die Tür auf. Dann setzte sie sich wieder auf den Wannenrand und ließ den Kopf hängen, um ihr Gesicht hinter den langen, glänzenden Haaren zu verbergen.

Weil so wenig Platz in der Kabine war, kauerte Chloe sich neben sie und griff nach Lollys tränenfeuchter Hand. »Erzähl, Lolly«, sagte sie leise. »Was ist denn los?«

Das war zu viel für Lolly. Chloes liebe Art brachte ihre Tränen erneut zum Fließen.

»Du bist ja eiskalt«, fuhr Chloe fort. »Mir ist auch kalt. Sollen wir nicht wieder ins Bett gehen?«

Lolly schüttelte den Kopf.

»Und warum nicht?«, erkundigte sich Chloe vorsichtig.

Lolly versuchte, ihre Tränen einen Moment lang zurückzuhalten und etwas zu sagen, doch aus ihrem Mund kam nur ein ersticktes »Pop«.

»Willst du, dass ich Pop hole?«

Abwehrend schüttelte Lolly den Kopf.

»Gut, ich soll Pop also nicht holen. Und warum nicht?«

Lolly schüttelte den Kopf noch heftiger und Chloe drückte mitfühlend ihre Hand. »Schön, wir werden sie also nicht wecken«, sagte sie. »Aber wenn du sie nicht sehen willst, erzählst du dann wenigstens *mir*, was los ist?«

Lolly holte tief und bebend Luft. Chloe war ihre beste Freundin, die ihr helfen wollte. Aber bisher war Lolly der Meinung gewesen, ihre Sorgen und Probleme besser für sich zu behalten. Chloe *konnte* ihr nicht helfen. Niemand konnte ihr aus dem Dilemma helfen, in dem sie steckte. Trotzdem merkte Lolly, dass sie sich nichts sehnlicher wünschte, als Chloe ihr Herz auszuschütten. Waren Freunde nicht dafür da, einem in schwierigen Zeiten beizustehen? Und auch wenn Chloe ihr Problem nicht für sie lösen konnte, würde sie, Lolly, sich sehr viel besser fühlen, wenn sie ihr ihren Kummer anvertraut hatte. Chloe würde nicht herumerzählen, was Lolly so belastete. Aber war es fair, seine Sorgen und Probleme bei der besten Freundin abzuladen?

»Irgendjemandem *musst* du es erzählen«, erklärte Chloe bestimmt, während Lolly immer noch fieberhaft überlegte. »Es ist bitterkalt. Wir holen uns noch eine Lungenentzündung! Komm, Lolly! Wir können nicht die ganze Nacht hierbleiben!«

»Dann geh *du* doch zurück ins Bett«, sagte Lolly trotzig, aber unter Tränen.

Chloe überhörte es geflissentlich. »Wir müssen ein wärmeres Plätzchen finden, an dem wir uns unterhalten können«, sagte sie. »Ah, ich weiß!«, fuhr sie gleich darauf fort. »Der Wäscheraum! Dort ist es immer schön warm. Komm, Lolly! Wir gehen zusammen in den Wäscheraum. Dort kann uns niemand hören. Und du kannst mir alles erzählen.«

Lollys Geheimnis

Es war schwer, zu protestieren, wenn man nur noch ein Häufchen heulenden Elends war, und Lolly hatte einfach nicht mehr die Energie dazu. Deshalb ließ sie sich ohne Widerrede aus der Duschkabine und durch den Flur zum Wäscheraum ziehen. Wie erleichternd war es doch, nicht selbst denken zu müssen, und im Wäscheraum war es wirklich einladend warm.

An einem Ende standen eine große Industriewaschmaschine und ein Trockner und dort lehnten auch Wäscheständer, auf denen man empfindliche Stricksachen und Strümpfe trocknen konnte. Auf der anderen Seite gab es einen großen begehbaren Wäscheschrank mit Holzbrettern auf beiden Seiten, wo das frische Bettzeug aufbewahrt wurde.

»Komm«, sagte Chloe, »setzen wir uns da drauf! Dort haben wir es warm und gemütlich.« Sie half der erschöpften Lolly auf eines der Bretter, das nur zur Hälfte mit zusammengefalteten Laken belegt war, und drückte ihr ein paar Kissenbezüge als Polster hinter den Kopf. Dann machte sie es sich auf dem gegenüberliegenden Brett gemütlich.

Man kam sich vor wie an Bord eines Schiffs, in einer winzigen Kabine. Und die Bettwäschestapel erwiesen sich als überraschend bequem. Es war richtig gemütlich und roch angenehm nach frischer Wäsche.

»So, jetzt musst du mir aber sagen, was los ist«, begann Chloe entschlossen. »Sonst kann ich dir nicht helfen.«

Lollys Augen wurden wieder verdächtig feucht, doch sie schluckte die Tränen hinunter. »Du kannst mir sowieso nicht helfen«, sagte sie zu Chloe.

»Vielleicht doch. Außerdem sollte man seine Freunde nicht im Ungewissen lassen, wenn man Probleme hat. Es hilft *immer*, wenn man mit jemandem darüber spricht.«

»In meinem Fall hilft reden nichts.« Lolly wischte sich die Tränen ab und schaute Chloe zum ersten Mal an. »Du kannst nicht machen, dass ich etwas will, was ich nicht will. Und ich kann es noch so sehr versuchen, ich schaffe es einfach nicht.«

»Worüber um alles in der Welt redest du?«, fragte Chloe ratlos.

»Du kannst nicht machen, dass ich Popsängerin werden will!« So, jetzt war es heraus. Sie hatte es über die Lippen gebracht. Dennoch fühlte sich Lolly kein bisschen besser. Und in Chloes Gesicht konnte sie lesen, dass ihre Freundin absolut nicht begriff, wovon sie sprach.

»Aber … du willst doch Sängerin werden, oder? Deshalb seid ihr, Pop und du, doch in Rockley Park …«

»Pop ja.«

»Ähm … Pop will also Sängerin werden und du nicht?«

Lolly nickte.

»Aber warum?«, fuhr Chloe fort. »Ich meine, warum bist du überhaupt hier, wenn du gar nicht ins Musikgeschäft willst?«

»Du hältst mich für verrückt, stimmt's?«

»Aber nein!«, widersprach Chloe. »Natürlich nicht. Ich begreife es nur nicht.«

Lolly biss sich auf die Lippe und schniefte. »Ich bin die Hälfte eines Duos, richtig?«, sagte sie düster. »Und Pop macht hier genau das, wovon sie schon immer geträumt hat. Ich kann sie nicht im Stich lassen. Das würde sie nicht verkraften!«

»Wie mir scheint, bist du diejenige, die hier etwas nicht verkraftet«, sagte Chloe mit Nachdruck. »Ich würde *nie* etwas tun, womit ich nicht glücklich bin. Meine Mutter wollte immer, dass ich einen vernünftigen Beruf lerne, Lehrerin zum Beispiel, und ich habe hart dafür kämpfen müssen, um dieses Stipendium hier zu bekommen. Aber jetzt sind meine Eltern richtig stolz auf mich! Deine Gefühle sind genauso wichtig wie die von Pop. Ist sie denn etwas Besonderes, dass *du* ständig nachgeben musst? Und außerdem ist es gemein von ihr, dass sie dich zu etwas zwingen will.«

»Aber nein«, widersprach Lolly kläglich. »Sie zwingt

mich doch gar nicht. Das ist es ja. Es ist alles *meine* Schuld. Pop hat keine Ahnung, wie es in mir aussieht.«

Lolly schniefte und holte dann tief Luft. Sie würde das Ganze etwas genauer erklären müssen, sonst würde die arme Chloe es nie verstehen.

»Das Modeln hat mir immer Spaß gemacht, aber es war nie mein späterer Berufswunsch«, vertraute Lolly Chloe an. »Pop dagegen hat es von Anfang an richtig ernst genommen. Und als sie irgendwann sagte, sie würde es gern mal mit Popsingen versuchen, hatte ich nichts dagegen. Ich habe es mir ganz interessant vorgestellt. Und es macht auch Spaß«, fügte sie hinzu. »Aber hier in Rockley Park sind alle so versessen darauf, im Showbiz Karriere zu machen, und das … will ich ehrlich gesagt nicht.«

»Was willst du dann?«, fragte Chloe.

Lolly zog ein Papiertaschentuch aus der Tasche ihres Bademantels und putzte sich kräftig die Nase. »Was ich später mal werden will … hm, darüber denke ich eigentlich erst nach, seit wir hier sind«, gestand sie kleinlaut.

»Ich wusste schon als kleines Kind, dass ich mal Sängerin werden will«, sagte Chloe.

»Und Pop wollte schon immer berühmt werden«, sagte Lolly. »Doch bis letztes Jahr wusste ich nur, dass ich *nicht* berühmt werden will. Ich habe die ganzen Weihnachtsferien darüber nachgedacht und jetzt, wo wir wieder in der Schule sind, denke ich, dass ich gerne etwas mit Naturwissenschaften machen würde. Ärztin vielleicht …«

»Hey, das klingt gut!«, sagte Chloe überrascht.

»Ja, es wäre toll, wenn ich es schaffen würde«, stimmte Lolly ihr zu. »Aber Pop hänselt mich sowieso schon dauernd damit, dass ich eine Streberin bin, weil ich in den naturwissenschaftlichen Fächern so gut bin. Sie hat keine Ahnung, wie interessant ich das alles finde, und ich bringe es nicht übers Herz, es ihr zu sagen.«

»Warum nicht?« Chloe stützte sich auf einen Ellenbogen. »Ich begreife nicht, was daran so schwierig ist.«

Verlegen zog Lolly einen Mundwinkel hoch. »Nun, wenn ich meine eigenen Ziele verfolge, würde ich Pops Zukunftspläne ganz schön durchkreuzen. Schließlich bin ich die Hälfte eines Duos, richtig? Wir sind nicht unbedingt die *tollsten* Sängerinnen, aber als Zwillinge etwas Besonderes. Deshalb vertritt Satin uns ja auch gemeinsam. Ich stecke in der Klemme, Chloe, und ich weiß nicht, was ich tun soll.«

»Kannst du nicht mit deiner Mutter darüber reden?«

»Mum ist seit *Jahren* so stolz auf ihre berühmten Zwillinge. Sie wäre schrecklich enttäuscht von mir. Nein, ich kann es ihr nicht sagen.«

»Oh, Lolly!« Chloe klang so todunglücklich, als wäre sie selbst betroffen. »Das tut mir echt leid für dich. Ich fände es schrecklich, wenn ich nicht tun könnte, was ich wollte. Bewundernswert, dass du es überhaupt so lange ausgehalten hast! Im Moment fällt mir keine Lösung ein, aber ich verspreche dir, dass ich darüber nachdenken werde. Ehrenwort!«

Lolly musste über Chloes Entschlossenheit schmunzeln.

Nicht *alles* in ihrem Leben war zum Heulen. Sie konnte sich keine bessere Freundin als Chloe wünschen!

Lolly war völlig erschöpft von ihrem Tränenausbruch und auch Chloe war hundemüde. In dem warmen Wäscheraum wurden sie auf einmal schläfrig und ihnen fielen die Augen zu. Ohne dass sie es bemerkten, schliefen die beiden Mädchen ein.

Ein weiteres Problem

»Chloe! Aufwachen! Es ist schon Morgen!«, flüsterte Lolly. Nebenan, im Badezimmer, hörte man Wasser fließen und verschlafene Stimmen. »Aufstehen!«

Chloe rieb sich den Schlaf aus den Augen. »Leg die Kissenbezüge zurück«, murmelte sie.

So schnell wie möglich kletterten sie von den Brettern und strichen das Bettzeug glatt. Leise öffneten sie die Tür des Wäscheraums und tapsten auf den Flur. Tara war gerade auf dem Weg ins Badezimmer.

»Hey, was habt ihr getrieben?«, fragte sie argwöhnisch. »Ich bin kurz vor der Morgenglocke aufgewacht und eure beiden Betten waren schon leer.«

»Chloe hat mir geholfen, eine einzelne Socke zu suchen«, stammelte Lolly, weil ihr auf die Schnelle nichts Besseres einfiel.

»Ach!« Tara verschwand im Bad, um sich zu duschen, und Chloe und Lolly wechselten einen kurzen Blick.

»Puh!« Lolly lächelte erleichtert. »Du verrätst niemandem, was ich dir erzählt habe?«, raunte sie Chloe zu.

»Natürlich nicht«, antwortete Chloe. »Du kannst mir vertrauen. Mach dir keine Sorgen!«

Nachdem Lolly geduscht hatte und zum Frühstücken ging, stellte sie fest, dass sie sich wesentlich besser fühlte. Ihr Problem hatte sich zwar nicht in Luft aufgelöst, doch nachdem sie es Chloe erzählt hatte, kam es ihr irgendwie weniger schlimm vor. Selbst als Pop wieder anfing, von *Kids in the News* zu reden, regte sie sich nicht groß auf.

Nach der Englischstunde packte sie gerade ihre Sachen zusammen, als Chloe nach ihrem Ellenbogen griff.

»Wartest du kurz?«, sagte sie.

»Was gibt's?«, fragte Lolly.

»Ich habe mir etwas überlegt …« Chloe wartete, bis Tara und Fire den Raum verlassen hatten. Pop unterhielt sich angeregt mit Danny und war deshalb abgelenkt. »Wenn es dir mit deinem Berufswunsch ernst ist, warum redest du dann nicht mit Mrs Pinto?«

»Mrs Pinto? Warum?«

»Sie unterrichtet Naturwissenschaften, richtig? Und sie ist auch unsere Vertrauenslehrerin. Bei Problemen sollen wir uns an sie wenden.«

»Ja, aber …« Lolly schaute Pop nach, die gerade den Raum verließ. »Sie kann mir sicher auch nicht helfen.«

»Du könntest mit ihr wenigstens mal über deinen Berufswunsch reden. Wer weiß, vielleicht hast du nach dem Gespräch mit ihr gar keine Lust mehr, zu studieren.«

Lolly blickte Chloe zweifelnd an. »Ich will es mir aber nicht ausreden lassen.«

»Ich weiß«, sagte Chloe. »Aber vielleicht bringt es dich irgendwie weiter, mit ihr zu reden. Schaden kann es nicht und *vielleicht* hat sie ja eine gute Idee.«

»Ich werde es mir überlegen«, versprach Lolly. »Danke. Komm, gehen wir! Wenn wir nicht bald bei den anderen sind, kommt Pop garantiert in einer Minute zurück, um zu sehen, wo ich bleibe.«

In der Biologiestunde bei Mrs Pinto musste Lolly ständig an Chloes Rat denken. Sollte sie wirklich mit Mrs Pinto reden? Aber was wäre, wenn die Lehrerin ihr raten würde, nicht so dumm zu sein, auf eine Erfolg versprechende Karriere mit Pop zu verzichten? Rockley Park war schließlich eine Schule für angehende Stars im Showbusiness – und nicht für zukünftige Mediziner!

Lolly wurde richtig sauer auf sich, weil sie sich nicht auf den Unterricht konzentrieren konnte, obwohl Biologie ihr Lieblingsfach war.

Als die Mittagsglocke läutete, packte Lolly ganz gemütlich ihre Sachen zusammen, während Pop ihre Bücher und Hefte blitzschnell in ihre Schultasche stopfte und dann zur Tür rannte.

»Komm, Lol!«, rief sie fröhlich. »Beeil dich! Vielleicht ist Satin schon da!«

Lolly seufzte. Herrje, sie hatte ganz vergessen, dass Satin heute vorbeikommen wollte, um mit Mr Player und Mr Penardos zu reden.

»Ich komme!«, rief sie und zog den Reißverschluss ihres Federmäppchens zu.

Aber das Treffen war gar nicht so schlimm. Satin und die beiden Lehrer verstanden sich ziemlich gut und es war ehrlich gesagt ganz aufregend, im Mittelpunkt zu stehen.

Zuerst diskutierten sie eine Weile, was der Produzent für Wünsche und Vorstellungen haben könnte. Laut Mr Penardos wäre es kein Problem, einen Laufsteg aufzubauen, und Satin war sich sicher, umwerfende Kleidung für die Mädchen organisieren zu können. Mr Player dagegen überlegte, was die Zwillinge singen könnten.

»Wir wissen nicht, ob sie euch während einer Gesangsstunde beim Üben filmen wollen oder lieber einen kompletten Song hören möchten«, gab er zu bedenken. »Doch da es bei dieser Sendung darum geht, eure ersten Schritte auf dem Weg zu einer Gesangskarriere zu zeigen, ist die Auswahl des richtigen Songs von entscheidender Bedeutung. Eure Stimmen sind nicht die *aller*besten der Welt«, rief er ihnen in Erinnerung, »doch eure Präsentation ist fantastisch. Was ihr braucht, ist ein Song, der musikalisch nicht zu anspruchsvoll ist, den man aber sofort mit euch in Verbindung bringt. Meiner Meinung nach wäre *Dressed to Kill* gut geeignet.«

»Tolle Idee!«, meinte Satin. »Das passt ganz wunderbar zu eurer Model-Karriere.«

»Stimmt, ein guter Song für den Laufsteg«, kommentierte Lolly sachlich.

Pop starrte sie verblüfft an. »Du meinst, wir sollen singen, während wir auf dem Catwalk sind?«

»Warum nicht?«, antwortete Lolly achselzuckend.

Fragend blickte Pop zu Mr Player. »Meinen Sie, das geht?«

Er lächelte. »Ich wüsste nicht, was dagegen spräche. *Ihr* seid die Experten in Sachen Modenschau. Wenn ihr es für möglich haltet, müsste es auch klappen.«

»Eine großartige Idee«, sagte Satin begeistert. »Super, Lolly! Ich bin mir sicher, dass die Leute vom Fernsehen damit einverstanden sind. Was meinen Sie, Mr Penardos?«

Mr Penardos nickte. »Ich bin der gleichen Meinung«, sagte er. »Aber die Sache muss gründlich geplant werden. Die Choreografie muss haargenau stimmen, um die bestmögliche Wirkung zu erzielen.«

»Und wir brauchen echt coole Klamotten!«, fügte Pop voller Eifer hinzu.

»Ja.« Satin nickte zustimmend. »Darüber werde ich auf dem Rückweg nach London nachdenken. Ich werde mich mit einigen Designerfirmen in Verbindung setzen. Mal sehen, was denen dazu einfällt.«

Voller Vorfreude fiel Pop ihrer Zwillingsschwester um den Hals. »Siehst du?«, rief sie überglücklich. »Ich habe doch gleich gesagt, dass es spitze werden würde. Und deine Idee ist wirklich bombig! Darauf wäre ich niemals gekommen. Ein Glück, dass wir zu zweit sind!«

Internet-Recherchen

»Wir werden *Dressed to Kill* singen!«, rief Pop Chloe in der Eingangshalle schon von Weitem zu und rannte los, um ihr alles brühwarm zu erzählen. Lolly sah, dass das ihre Chance war. Pop und Chloe würden gleich mit den anderen zum Mittagessen gehen. Und Pop würde jedem in allen Einzelheiten schildern, was sie für die Fernsehsendung geplant hatten, und deshalb nicht merken, dass ihre Schwester eine Zeit lang verschwunden war.

Lolly hatte beschlossen, lieber nicht mit Mrs Pinto zu reden. Sie mochte die Vertrauenslehrerin, das ja. Aber sie hatte Angst, dass die Sache irgendwie offiziell werden und außer Kontrolle geraten könnte, wenn sie eine Lehrerin einweihte. Grundsätzlich fand sie Chloes Vorschlag, etwas mehr über den Arztberuf in Erfahrung zu bringen, jedoch gut.

Lolly war natürlich schon mehrmals am Berufsorientierungsraum vorbeigekommen, hatte ihn aber noch nie betreten. Irgendwie war sie immer davon ausgegangen, er sei nur für die älteren Schüler. Ob der Zutritt auch jüngeren Schülern erlaubt war, wusste sie nicht, aber einen Blick konnte sie ja mal hineinwerfen, oder?

Sie huschte durch den Korridor bis zu der fraglichen Tür. Etwas nervös stieß sie sie auf und trat ein. Der Raum war leer. Rasch machte sie die Tür hinter sich zu und blickte sich um.

Lolly hätte nicht sagen können, was genau sie erwartet hatte, doch ein bisschen enttäuscht war sie vom Berufsorientierungsraum schon. Es gab eine Menge dicker Bücher, die wie Kataloge aussahen, stapelweise Prospekte von Schauspielschulen und Musikhochschulen sowie einen runden Tisch mit bequem aussehenden Stühlen. Man kam sich fast wie im Wartezimmer eines Zahnarztes vor. Doch dann entdeckte sie den Computer. Er stand auf einem Schreibtisch seitlich an der Wand … und er war eingeschaltet!

Lolly setzte sich davor und berührte die Maus. Augenblicklich tauchten auf dem Bildschirm viele kleine, offiziell aussehende Icons auf. In großen Buchstaben scrollten die Worte *Was willst du heute sein?* über den Bildschirm. Darunter befand sich ein kleines Fenster zum Ausfüllen und Lolly konnte nicht widerstehen. Sie setzte sich und tippte ARZT. Dann klickte sie auf die Maus. *Arzt werden zu wollen ist ein sehr lohnender und ehrenhafter Berufswunsch …*, las sie und merkte, dass sie vor Stolz errötete. *Doch Medizin ist ein schwieriger, anspruchsvoller Studiengang.*

»Ich bin in den meisten Fächern ganz gut«, murmelte sie trotzig vor sich hin und klickte erneut.

Wer eine medizinische Laufbahn anstrebt, muss bereit sein, ein langes, hartes Universitätsstudium in Kauf zu nehmen. Außerdem gilt es, zu bedenken, dass man im späteren Berufsleben lange, aufreibende Arbeitszeiten haben wird und Überstunden keine Seltenheit sind.

»Das macht mir nichts aus«, erklärte Lolly dem Computer und klickte sich weiter.

Um ausführliches Info-Material zu erhalten, bitte die unten stehenden Kästchen ausfüllen, forderte der Computer sie auf.

Lolly runzelte die Stirn. Sie hatte ehrlich gesagt keine Lust, ihren Namen und ihre Adresse anzugeben. Ihre Mutter hatte ihr mehr als einmal eingeschärft, im Internet ja keine persönlichen Angaben zu machen. Aber das hier ging doch sicher in Ordnung, oder? Schließlich war sie in der Schule und das Programm schien speziell für den Schulgebrauch entworfen zu sein. Vermutlich hatten sich schon jede Menge ältere Schüler auf diese Weise Informationen besorgt.

Lolly füllte die Kästchen sehr gewissenhaft aus. Sie gab ihren vollen Namen an: *Polly Ann Lowther,* und die Adresse der Schule. Die Telefonnummer der Schule wusste sie leider nicht auswendig, doch sie trug ihr Alter ein und wartete gespannt darauf, dass der Computer sie nun auf die nächste Seite brachte. Doch nichts geschah.

»Verflixt!«, murmelte sie vor sich hin. »Das dumme Ding

macht erst weiter, wenn ich meine persönlichen Daten wegschicke.«

Sie dachte angestrengt nach. Konnte sie eventuell Ärger bekommen, weil sie den Schulcomputer ohne ausdrückliche Erlaubnis benutzte? Lollys Hand verharrte reglos über der Maus. Sie wollte nichts Verbotenes tun, aber sie wollte unbedingt mehr erfahren.

Sie konnte sich kein Buch aus der Schulbücherei holen, weil Pop dann garantiert fragen würde, warum sie sich plötzlich für Medizin interessierte. Falls es in der Schulbücherei überhaupt Bücher zu diesem Thema *gab*!

Was aber, wenn sie treu und brav alle Fragen beantwortete und der Berufsberatungslehrer es merkte? Vermutlich hatte sie in diesem Raum gar nichts zu suchen. Und ganz bestimmt durfte sie den Computer nicht ohne Erlaubnis benutzen. Falls sie deshalb Ärger bekäme, würde Pop sicher wissen wollen, was sie hier gemacht hatte.

Lieber nicht, beschloss Lolly. In diesem Moment öffnete sich die Tür und das riss Lolly aus ihren Gedanken. Ihre Hand zuckte und klickte unabsichtlich auf die Maus. Panisch klickte Lolly noch ein zweites Mal und war heilfroh, als der Bildschirm plötzlich schwarz wurde. Oh, sie musste das Programm geschlossen haben! Schuldbewusst schaute sie zur Tür, doch es war nur ein älterer Schüler, kein Lehrer.

»Entschuldige«, sagte der fremde Junge. »Ich wollte dich nicht erschrecken. Ich will mir nur schnell einen der Prospekte von der Northern Musikakademie holen.«

Er ging ans Regal und langte nach einer Broschüre. »Jemanden in deinem Alter habe ich hier noch nie gesehen«, merkte er an. »Du musst ja ganz schön interessiert sein.«

Lolly nickte.

»Bist du nicht einer der Model-Zwillinge?«, fügte er hinzu.

»Ja«, gestand Lolly.

»Wundert mich, dass *du* berufliche Beratung brauchst!«

»Na ja, ich meine ...«, stotterte Lolly. »Ich ... ich wollte mich nur mal hier umsehen.«

Doch der Junge war nicht wirklich an ihrer Antwort interessiert. »Tschüss«, sagte er und war auch schon wieder verschwunden.

Lolly stieß einen Seufzer der Erleichterung aus. Sie sah wieder auf den Computer, doch der Bildschirm war nach wie vor schwarz. Schade, dass sie nicht viel herausbekommen hatte, aber das wenige, was sie erfahren hatte, würde sie sicher nicht davon abhalten, Ärztin werden zu wollen. Im Gegenteil, sie war entschlossener denn je.

Ungleiche Zwillinge

»Was machst du da, Lolly?« Pop fielen fast die Augen aus dem Kopf.

Sie wollten gerade zum Unterricht gehen, als Lolly plötzlich ihre langen Haare zusammenband und auf dem Kopf zu einem Knoten feststeckte.

»Wonach sieht es denn aus?«, erwiderte Lolly. »Ich stecke meine Haare hoch.«

»Aber wir tragen doch immer die gleiche Frisur!«

Lolly zuckte die Schultern. »Mir ist heute nach einer kleinen Abwechslung.«

»Warum hast du mir nichts gesagt?«, protestierte Pop entsetzt. »Jetzt hab ich keine Zeit mehr, mir die Haare hochzustecken.«

Lolly lächelte ihre Schwester an. »Pop, wir müssen doch nicht *alles* genau gleich machen.«

»Aber … wir tragen unsere Haare *immer* offen, außer bei einem Fotoshooting oder Auftritt!« Pop rechnete damit, dass ihre Schwester nachgeben würde, doch Lolly tat, als hätte sie nichts gehört. Pop blieb nichts anderes übrig, als ihre Schultasche zu schnappen und zum Unterricht zu gehen. Sie war völlig außer sich.

»Lollys Verhalten macht mich fix und fertig«, vertraute sie Tara auf dem Weg zum Unterrichtsraum an. »Sie lebt neuerdings die Hälfte der Zeit in ihrer eigenen Welt. Nie will sie mit mir über *Kids in the News* reden und jetzt schau dir mal an, was für eine Frisur sie heute hat!«

Tara lachte. »Was ist damit?«, fragte sie.

»Es sieht doof aus«, maulte Pop. »Wir tragen unsere Haare *immer* offen. Sie weiß genau, dass das unser Markenzeichen ist. Die Leute kommen ja völlig durcheinander, wenn sie anfängt, herumzulaufen wie … wie eine …«

Tara warf einen Blick über die Schulter zu Lolly und Chloe, die ein Stück hinter ihnen gingen und sich angeregt unterhielten. »Wie eine durchgeknallte Zahnärztin?«, schlug sie vor.

Pop nickte erbost. »Genau, durchgeknallte Zahnärztin kommt in etwa hin. Oder altmodische Sekretärin oder etwas in der Art. Auf jeden Fall nicht wie die eine Hälfte von Pop 'n' Lolly!«

»Lass sie doch«, riet ihr Tara. »Ihr müsst ja nicht *andauernd* ein Herz und eine Seele sein.«

Irritiert legte Pop die Stirn in Falten. »Sie ist meine Zwillingsschwester!«, gab sie zurück.

»Und?«, meinte Tara herausfordernd.

»Und es gefällt mir nicht, dass sie neuerdings so tut,

als sei sie es nicht!« Pop verstummte. Es stimmte. Es ging nicht darum, dass Lolly sich die Haare hochgesteckt hatte, sondern darum, dass sie es nicht zuvor besprochen hatten. Wäre Lolly früher mit diesem Vorschlag angekommen, hätten sie sich wahrscheinlich gegenseitig frisiert und viel gekichert. Aber diesmal hatte Lolly ihre Zwillingsschwester übergangen. Sie hatte gemacht, worauf sie Lust hatte, und fertig. Das war es, was Pop so verletzte.

Und es sollte für Pop im Laufe des Tages noch schlimmer kommen.

»Ich finde deine neue Frisur echt cool!«, sagte Danny in der Mittagspause zu Lolly. »Damit siehst du irgendwie erwachsener aus.«

»Hilfst du mir, dieselbe Frisur zu machen?«, witzelte Fire. Er packte seine lange, lockige kupferrote Mähne und türmte sie auf seinem Kopf auf.

Alle außer Pop und Tara lachten.

»Ich finde, damit sieht sie wie eine durchgeknallte Zahnärztin aus«, kommentierte Tara. Doch wie üblich ging keiner auf ihre Bemerkung ein.

Später hatte die ganze Klasse eine gemeinsame Gesangsstunde. In den unteren Klassen gehörte Singen und Tanzen zu den Pflichtfächern. Das bedeutete, dass jeder Schüler der Rockley Park Schule immerhin ganz brauchbare Grundkenntnisse dieser beiden in der Showbranche so wichtigen Disziplinen vorweisen konnte, auch wenn er sich später auf andere Bereiche spezialisierte.

Mr Player ließ sie den Song *Dressed to Kill* einüben.

»Ich möchte, dass sich jeder von euch Gedanken über den Text macht«, sagte er zur Klasse. »Wie können Pop und Lolly das Maximum herausholen? Die Art, wie ein Songtext gesungen wird, ist sehr wichtig. Je nachdem, wie man singt, können dieselben Worte ein komplett anderes Gefühl hervorrufen. Das ist so ähnlich wie mit Lollys eleganter und Pops legerer Frisur heute, obwohl sie die genau gleichen Haare haben.«

Lolly errötete vor Freude und Pop ließ ihre langen, offenen Haare durch die Finger gleiten. Verflixt, warum hatte sie ihre Haare nicht auch hochgesteckt? Lolly war nicht die Einzige, die elegant aussehen konnte!

Pop und Lolly trugen den Song dann allein vor, während ihre Mitschüler zuhörten.

»I'm dressed for my future.
I'm dressed to thrill.
And when you see me out tonight, you'll know
I'm dressed to kill.«

»Wunderbar harmonisch, Mädchen«, urteilte Mr Player, als sie fertig waren. »Den Refrain solltet ihr allerdings etwas lauter singen. Wie wär's, wenn Chloe euch da unterstützen würde?«

Eine strahlende Chloe stellte sich zu Pop und Lolly ans Klavier.

»Ja! Das klingt schon viel besser«, bestätigte Mr Player anschließend. »Probieren wir es gleich noch einmal!«

Während des Singens dachte Pop angestrengt über den Text des Songs nach.

Dressed to kill, dachte sie missmutig. *Hat Lolly deswegen heute eine andere Frisur? Warum will sie anders aussehen als ich? Bisher hat sie noch nie versucht, mich auszustechen, aber jetzt will sie mir eindeutig die Schau stehlen! Dabei bin ich ihre Zwillingsschwester! Wie kann sie mir das antun?*

Dressed to Kill!

»Sucht euch ein freies Plätzchen und legt euch auf den Rücken«, wies Mr Penardos die Klasse an, die sich wenig später im Tanzstudio einfand. Er hatte eine Entspannungsmusik aufgelegt. »Schließt die Augen«, sagte er dann, »und konzentriert euch auf euren Atem. Lasst alle Gedanken los und denkt nur an euren Atem. Ein, aus, ein und aus …«

Pop konnte sich nicht entspannen. Sie hatte gehofft, Lolly würde ihren Knoten aufmachen müssen, damit ihr Kopf direkt auf dem Boden lag, doch Lollys Frisur war offenbar kein Problem. Sie lag mit geschlossenen Augen neben ihrer Zwillingsschwester, atmete regelmäßig ein und aus und wirkte sehr entspannt.

»Du konzentrierst dich nicht, Pop«, sagte da Mr Penardos. »Entspann deinen ganzen Körper und hör nur auf die Musik. Ein, aus, ein und aus … Schon besser.«

Als sie die Entspannungs- und Lockerungsübungen hinter sich hatten, sahen Lollys Haare zwar etwas zerzaust aus, doch Mr Penardos gefielen sie offenbar immer noch, denn er machte ihr ein Kompliment.

»Diese Frisur ist in den meisten Ballettklassen *de rigueur*, also Vorschrift«, erklärte er der Klasse. »Und ihr könnt sehen, warum die Lehrer darauf bestehen. Man kann Lollys Kopfhaltung, ihren Hals und die Schultern ganz genau sehen. Im klassischen Ballett sind Kopf- und Schulterhaltung sehr, sehr wichtig, was man bei langen, offenen Haaren nicht genau überprüfen kann. Sehr schön, Lolly. Danke.« Er streifte Pop mit einem kurzen Blick.

Pop fühlte sich irgendwie abgelehnt.

»Ich denke, wir sollten jetzt ein paar Tanzfiguren zu *Dressed to Kill* einüben«, fuhr Mr Penardos fort und legte eine neue Kassette ein.

Tara schnaubte abfällig. »Du meine Güte«, flüsterte sie Danny zu. »Ich kann dieses *Dressed to Kill* bald nicht mehr hören. Mann, freue ich mich auf meine Einzelstunde Bass!«

»Das ist eine gute Übung in Sachen Zusammenarbeit«, fuhr Mr Penardos fort, ohne auf Taras Gestöhne einzugehen.

Er bat Lolly, der Klasse vorzuführen, wie sich ein Model auf dem Laufsteg bewegt.

Er hat sie bestimmt wegen ihrer neuen Frisur ausgewählt, dachte Pop wütend. *Warum hat er uns nicht beide gebeten?*

Nachdem Lolly vor der Klasse auf und ab geschritten

war, wies Mr Penardos alle an, hinter Lolly herzugehen. Sie sollten sich vorstellen, selbst auf einem Laufsteg zu stehen.

»Nein, nein!«, sagte er zu Tara. »Du gehst, als würdest du in eine Schlacht ziehen und nicht Kleider vorführen! Fire macht's richtig! Schaut!«

Fire hatte den Dreh in der Tat schnell heraus, aber er wäre nicht Fire, der übliche Klassenclown, wenn seine Bewegungen nicht restlos übertrieben und höchst komisch gewesen wären. Alle außer Pop, Tara und Fire selbst wollten sich ausschütten vor Lachen.

»Was gibt's da zu lachen?«, fragte Fire, der alle Mühe hatte, ernst zu bleiben, da er natürlich wusste, wie übertrieben albern er Lolly nachgeäfft hatte. Lolly schien sich über das Theater ebenso zu amüsieren wie der Rest der Klasse, während sich Pop noch ausgeschlossener fühlte.

Tara hatte irgendwann die Nase voll. Sie marschierte zu einem Stuhl und ließ sich wutschnaubend nieder.

»Was ist los, Tara? Schon erschöpft?«, versuchte Mr Penardos sie zum Weitermachen zu überreden. »Es ist doch lustig, oder?«

Genervt fuhr sich Tara durch die kurzen schwarzen Haare. »Das ist es ja!«, zischte sie. »Hier scheint kein Mensch mehr irgendwas ernst zu nehmen! Mr Player hat gesagt, wir sollen uns Gedanken über den Songtext machen, aber hat das etwas an dem Stil geändert, wie sie das Lied singen? Nein, nichts! Sie trällern, als wären sie im Badeurlaub!«

»Ach ja?«, antwortete Mr Penardos mit einem feinen Lächeln. »Und hast du das Mr Player schon gesagt?«

»Wozu denn?«, entgegnete Tara schulterzuckend. Vielsagend blickte sie auf Pop. »Ist schließlich nicht *mein* Problem!«

»Es wäre schon gut, wenn der Song etwas mehr Ausdruckskraft hätte«, sagte Danny.

»Sonst noch ein Beitrag?«, fragte Mr Penardos in die Runde.

»Mir gefällt der Tanz, den wir einstudieren«, sagte nun Fire. »Aber ich finde, wir sollten noch etwas gefährlicher, einschüchternder rüberkommen. Wie Gangster vielleicht ...«

»Genau! Wie in *Bugsy Malone*!«, schlug Chloe vor.

»Und was haltet ihr denn von diesen Vorschlägen, Pop 'n' Lolly?«, wandte sich Mr Penardos an die Zwillinge.

»Sie klingen gut«, sagte Pop schnell, bevor Lolly etwas sagen konnte.

»Ich weiß nicht, ob unsere Stimmen sich eignen, den Song sehr viel anders zu singen, aber wir können Mr Player ja mal fragen, nicht wahr?«, schlug Lolly ihrer Zwillingsschwester vor.

Pop ging jedoch nicht darauf ein, sondern wandte sich an Mr Penardos. »Mr Player hat den Song vorgeschlagen«, sagte sie. »Deshalb traut er uns sicher auch zu, dass wir ihn gut präsentieren.«

»Diese Übungsstunde hat uns auf ein paar interessante Ideen gebracht«, erklärte Mr Penardos sichtlich zufrieden. »Soll ich versuchen, mit Mr Player eine gemeinsame Stunde zu vereinbaren? Vielleicht können wir während der Vorbereitungsphase die Gesangs- und Tanzstunden zusammenlegen.«

Alle stimmten begeistert zu.

»Okay! Das wär's für heute. Ich bin zufrieden mit euch. Also, lasst euch dieses *Dressed to Kill* noch einmal durch den Kopf gehen, damit ihr nächstes Mal vielleicht noch mehr gute Ideen habt. Ihr wisst, worum es geht. Wir wollen, dass Pop und Lolly diesen Fernsehleuten etwas Interessantes bieten. Wir haben zwar keine Ahnung, ob ihnen tatsächlich gefällt, was wir hier einstudieren, aber wer weiß? Wenn alles gut läuft, könnt ihr euch vielleicht bald *alle* im Fernsehen bewundern!«

Song und Tanz

Am nächsten Tag konnten sich Lolly und Chloe im Wäscheraum kurz unter vier Augen unterhalten, weil Pop gerade damit beschäftigt war, sich so zu frisieren wie Lolly am Vortag.

»Ich habe über deinen Vorschlag nachgedacht – du weißt schon, mit Mrs Pinto zu reden«, erzählte Lolly Chloe. »Aber dann hab ich mir überlegt, dass ich vielleicht zuerst allein versuchen sollte, etwas mehr über den Arztberuf in Erfahrung zu bringen.«

»Und wie?«, fragte Chloe.

»Nun, ich war im Berufsorientierungsraum …«

Chloe war sichtlich beeindruckt. »Hey, gute Idee!«, sagte sie. »Ich wusste gar nicht, dass man da einfach so reingehen darf.«

»Da bin ich mir auch nicht so sicher«, gestand Lolly.

»Und? Hast du etwas Interessantes herausgefunden?«

Lolly schüttelte den Kopf. »Nö, nicht viel. Ich muss noch

mal hin. Doch was ich bisher erfahren habe, schreckt mich definitiv nicht ab. Ich will weiterhin Ärztin werden, wenn es irgendwie möglich ist.« Sie zögerte. »Allerdings sollte ich dafür vielleicht besser auf ein naturwissenschaftliches Gymnasium wechseln.«

Chloe riss die Augen auf. »Du meinst, du musst Rockley Park verlassen? Im Ernst?«

»Ich weiß nicht«, antwortete Lolly. »Kann sein. Aber hoffentlich nicht. Mir gefällt es hier. Aber vielleicht muss es sein.« Sie lächelte verzagt. »Pop würde es gar nicht gefallen, wenn ich ginge.«

»Sie würde durchdrehen!«, prophezeite Chloe. »Aber dem musst du dich stellen, wenn es wirklich das ist, was du willst!«

»Ich weiß«, antwortete Lolly. »Und ich weiß auch, dass es dumm von mir war, immer Ja und Amen zu sagen, wenn sie etwas wollte. Aber das wird sich jetzt alles ändern, nachdem ich nun weiß, was mir wichtig ist. Das Problem ist nur, dass Pop nach außen hin sehr selbstbewusst tut und so, obwohl sie in Wirklichkeit nicht halb so tough ist, wie sie sich gibt. Das kann sie nur, weil sie mich hat.«

»Echt?«, sagte Chloe. »Das hätte ich nicht gedacht.«

»Ich weiß, dass alle denken, *sie* sei der Boss«, antwortete Lolly. »Aber im Grunde genommen ist sie längst nicht so stark wie ich. Sie ist tatsächlich eher unsicher. Das ist das Problem als Zwilling. Wenn man nicht aufpasst, ist man irgendwann nur noch ein halber Mensch und kein eigenständiges Individuum mehr. Pop konnte ihr Leben lang herumzicken und sich in den Mittelpunkt drängen, weil sie wusste, dass ich ihr ruhiger, gelassener Gegenpol bin.«

»In meiner alten Schule wurden Zwillinge grundsätzlich getrennt und in zwei verschiedene Klassen gesteckt«, sagte Chloe nachdenklich.

»Ich wünschte, das hätten sie an *unserer* alten Schule auch gemacht«, sagte Lolly. »Dann hätte Pop nicht darauf bestehen können, dass wir ständig dasselbe machen.«

Lolly nahm ihre Fleecejacke vom Wäscheständer und faltete sie zusammen.

»Pop ist so versessen darauf, dass wir total identisch rüberkommen, dass sie gar nicht mehr klar denken kann«, sagte Lolly. »Was wird später sein, wenn wir unseren ersten Freund haben wollen? Müssen wir dann warten, bis wir Zwillingsbrüder kennenlernen, in die wir uns zufällig beide verlieben?« Sie krauste die Stirn. »So kann und will ich nicht leben.«

»Hm, und wie willst du das ändern?«, fragte Chloe.

»Ich fange jetzt einfach an, meinen eigenen Kram zu machen«, erklärte Lolly. »Ich denke, mehr kann ich nicht tun. Pop hat sich gestern ja schon fürchterlich aufgeregt, nur weil ich eine andere Frisur hatte! Ich kann nur hoffen, dass sie sich irgendwann daran gewöhnen wird, dass ich meinen eigenen Kopf habe.«

»Tja, aber gerade macht sie sich dieselbe Frisur wie du gestern«, gab Chloe zu bedenken. »Dann seht ihr wieder gleich aus. Und ich fürchte, sie wird dich in Zukunft mit Argusaugen beobachten, sobald du nur die Bürste in die Hand nimmst.«

»Irgendwann wird sie es satthaben, mir alles nachzumachen«, meinte Lolly achselzuckend. »Dafür fehlt ihr die Ausdauer. Und ich weiß, wie gern sie ihre Haare offen trägt. Sie ist jedes Mal genervt, wenn wir für Modenschauen die Haare hochstecken müssen. Irgendwann *muss* sie begreifen, dass wir nicht immer haargenau gleich auszusehen brauchen. Vielleicht gewöhnt sie sich dann auch an den Gedanken, dass es okay ist, wenn unsere Lebenswege eines Tages auseinanderdriften.«

»Herrje, komm!«, fügte sie nach einem Blick auf ihre Uhr hinzu. »Wir müssen los. Wenn wir uns nicht beeilen, kommen wir zu spät in den Unterricht.«

An diesem Nachmittag versammelten sich alle im Tanzstudio zu einer kombinierten Gesangs- und Tanzstunde. Mr Penardos hatte aus den großen Bühnenkisten einen behelfsmäßigen Laufsteg aufgebaut und er und Mr Player diskutierten gerade, wie man den Song und den Model-Auftritt am besten aufeinander abstimmen könnte.

»Ich finde, die Mitschüler sollten stärker involviert werden und nicht nur als Zuschauer fungieren«, sagte Mr Player.

Mr Penardos nickte. »Da bin ich ganz Ihrer Meinung«, sagte er. »Fire hat das Thema Gangster vorgeschlagen und die Tanzschritte, die wir derzeit einstudieren, spiegeln das sehr gut wider. Die Gangster gehen in drohender Haltung über den Catwalk und versuchen, die Models einzuschüchtern, aber Pop und Lolly singen ihr *Dressed to Kill* so aggressiv und selbstsicher, dass sie ihnen absolut ebenbürtig sind. Was halten Sie davon?«

»Klingt wirklich gut. Versuchen wir es!«

Pop hätte am liebsten vor Aufregung gekreischt, doch mit ihrer eleganten Hochsteckfrisur wollte sie natürlich ebenso vornehm wirken wie ihre Schwester am Vortag. Deshalb begnügte sie sich damit, Chloe zufrieden anzugrinsen.

»Dann sollten wir langsam anfangen«, erklärte Mr Player und blickte Pop fragend an. »Wo ist deine Schwester? Ihr seid normalerweise doch immer pünktlich.«

Pop zuckte mit den Schultern. »Sie sagte, sie würde gleich nachkommen«, erklärte sie dem Stimmtrainer verlegen. Es war ihr peinlich, nicht zu wissen, warum ihre Zwillingsschwester sich verspätete.

In diesem Moment öffnete sich die Tür und Lolly trat ein. Vor Empörung und Verwirrung lief Pop puterrot an. Was um alles in der Welt war nun wieder in Lolly gefahren? Vor wenigen Minuten hatte sie noch dieselbe Frisur gehabt wie Pop, aber jetzt hatte sie sich dämliche Zöpfchen geflochten und sie mit gefiederten roten Bändern verziert.

»Ähm … ich dachte, der Song sollte etwas Bedrohliches haben«, sagte Mr Penardos überrascht. »So wird das nichts mit dem Gangster-Look, Pop!«

Pop funkelte den Lehrer empört an. »Sie ist Lolly, nicht Pop«, fauchte sie. »Ich bin Pop!« Und auf einmal spürte sie unerklärlicherweise, wie ihr die Tränen übers Gesicht liefen. Mr Penardos hatte Lolly mit ihren bescheuerten Zöpfchen mit *ihr* verwechselt! Traute er ihr etwa nicht zu, elegant auszusehen? Das war so was von unfair!

Um sich nicht noch mehr zu blamieren, lief Pop mit gesenktem Kopf zur Tür. Die Anwesenden schauten sich verlegen an. Was war denn jetzt los?

»Entschuldigung«, murmelte Lolly. »Ich hole sie zurück.«

Nach einigem Suchen fand sie Pop auf der Mädchentoilette. »Was hast du?«, fragte sie.

»Kaum mache ich mir dieselbe Frisur wie du, lässt du dir etwas Neues einfallen«, schluchzte Pop. »Warum bist du so gemein? Und Mr Penardos hat uns verwechselt, obwohl *ich* nie im Leben mit solchen Zöpfchen herumlaufen würde!«

»Ich wollte nicht, dass du dich so darüber aufregst«, sagte Lolly seufzend. »Tut mir leid.«

»Aha, und wie sehr *wolltest* du mich aufregen? Ich bin deine *Schwester*!«, schluchzte sie. »Warum versuchst du mich auszustechen?«

»Tu ich doch gar nicht«, beteuerte Lolly. »Ich will nur ich selbst sein.«

Aber Pop hörte ihr gar nicht zu. »Vergiss es!«, schniefte sie. »Ich bin als Model genauso gut wie du und als Popsängerin kann ich dir auch das Wasser reichen. Ich lasse mir bei *Kids in the News* nicht von dir die Schau stehlen! Denn im Gegensatz zu dir weiß ich, wie sich ein Profi benimmt!« Nach diesen Worten wischte sich Pop wütend ihre rot geweinten Augen trocken und riss die Tür auf. »Komm schon! Wir müssen zum Unterricht!« Mit hocherhobenem Kopf stolzierte Pop aus der Toilette und zurück ins Tanzstudio.

»Hör zu, Pop«, redete Mr Player sie mit ihrem richtigen Namen an. »Dass Mr Penardos dich und Lolly ausnahmsweise mal verwechselt hat, ist doch kein Weltuntergang.«

Pop und Lolly entschuldigten sich beide, aber Pop wich Lollys Blick beharrlich aus und irgendwie herrschte eine angespannte Atmosphäre im Raum.

»Der Song muss etwas mehr Biss bekommen«, sagte Mr Player. »Eure Stimmen müssen bei dem Wort *kill* richtig giftig klingen. Nach *tonight* kommt eine kleine Pause, also holt da tief Luft, um dann richtig viel Gefühl in *kill* zu legen. Ich weiß, es ist kein Crescendo, aber ihr müsst aggressiv rüberkommen und deshalb dürft ihr das letzte Wort auf keinen Fall verschlucken. Also, noch mal von vorne!«

Während des Singens steigerte sich Pop so richtig in ihre Wut auf Lolly hinein. Als sie fertig waren, nickte Mr Player zufrieden.

»Besser, schon viel besser. Ursprünglich dachte ich, der Song sollte den Hintergrund bilden und der Model-Auftritt mehr im Mittelpunkt stehen, aber so, wie wir es jetzt einstudieren, gefällt es mir sehr gut. Wunderbar. Chloes kräftige Stimme bringt einiges an Ausdruck in den Refrain. Aber ich finde, wir bräuchten noch ein sehr viel stimmungsvolleres Intro, etwas Düsteres.« Fragend blickte er in die Runde. »Irgendwelche Ideen?«

»Für düstere Sachen ist Tara zuständig«, flachste Fire.

Alle lachten und die betretene Stimmung, die nach dem Streit zwischen den Zwillingen geherrscht hatte, war verschwunden.

»Ehrlich gesagt halte ich es für eine ganz brauchbare Idee, Fire«, sagte Mr Penardos. »Tara und Danny, ihr seid nicht gerade die besten Tänzer, aber ihr spielt Schlagzeug und Bassgitarre. Vielleicht fällt euch ein gutes Intro für den Song ein, eine Art Blues.«

Danny und Tara schauten sich überrascht und geschmeichelt an. »Aber ja!«, sagten sie dann wie aus einem Munde.

»Gut. Euch beide platzieren wir dann *hier*«, sagte Mr Penardos zu den zwei Musikern, »am Fuß unseres improvisierten Catwalks. Tara, du trägst natürlich wie immer Schwarz. Und du, Danny, könntest im Fachbereich Kunst nachfragen, ob sie ein paar gemalte Einschusslöcher für deine große Trommel haben.«

»Coole Idee!«, sagte Danny. »Und außerdem ziehe ich meine schwarzen Schlagzeughandschuhe an. Chloe sagt immer, damit sähe ich so bedrohlich aus.«

»Also, gleich bei den ersten Tönen betreten Pop 'n' Lolly den Laufsteg. Nachdem sie sich umgedreht haben, kommen ihnen die Gangster entgegen, doch die Zwillinge ignorieren sie völlig. Okay, versuchen wir es noch einmal!«

Das Ergebnis war sehr zufriedenstellend. Genau darum ging es: Pop 'n' Lolly in Aktion, wenn sie das taten, was sie am besten konnten.

»Weiter so!«, rief Mr Penardos beim nächsten Durchgang. »Euer Einsatz, Pop ... und *los*! Jetzt die Gangster!«

Nachdem die Zwillinge zusammen mit Chloe den Refrain gesungen hatten, kamen die tanzenden Gangster von hinten auf die Mädchen zu. Pop und Lolly machten eine schwungvolle Drehung und taten so, als seien die Gangster Luft für sie.

Mr Penardos und Mr Player klatschten begeistert Beifall. »Wunderbar, das habt ihr alle gut gemacht«, sagte Mr Player. »Und jetzt fort mit euch, sonst kommt ihr zu spät zu eurer nächsten Stunde.«

Pop zog sich die Klemmen aus dem Haar und schüttelte sich, damit ihre Haare wieder offen über die Schultern fielen. Sie bedachte ihre Schwester mit einem schiefen Blick. Vielleicht war es doch keine gute Idee, Lolly jede Frisur nachmachen zu wollen. Gefiederte rote Bänder würde sie sich jedenfalls nicht in die Haare binden! Trotzdem – Lolly benahm sich höchst sonderbar und das gefiel Pop kein bisschen.

Lolly lässt die Katze aus dem Sack

Am nächsten Tag fand im Theatersaal eine Versammlung aller Schüler statt. Mrs Sharkey hatte eine wichtige Ankündigung zu machen.

»Diese Woche wird ein Fernsehteam zwecks Dreharbeiten anreisen«, sagte sie.

Alle setzten sich gespannt auf und lauschten. Aha, an den Gerüchten war also doch etwas dran!

»Es geht um einen Beitrag zu der Serie *Kids in the News* über Pop 'n' Lolly Lowther.« Viele der Schüler tauschten aufgeregte Blicke aus. »Sie werden Ausschnitte aus dem Schulalltag filmen, doch den Höhepunkt stellt ein Model-Auftritt dar, den die Klasse bereits einstudiert hat.«

Etliche Mitschüler der Zwillinge, darunter auch Fire, boxten begeistert in die Luft und johlten. Doch unter Mrs Sharkeys strengem Blick beruhigten sie sich rasch wieder. Pop und Lolly lächelten sich an und ihre Differenzen waren für den Moment vergessen.

»Morgen um zehn Uhr wird ein Kameramann kommen und sich schon mal mit den Gegebenheiten vertraut machen«, fuhr Mrs Sharkey fort. »Am Nachmittag wird dann eine ganze Crew im Tanzstudio sein, für den Model-Auftritt und einige Interviews. Das bedeutet, dass das Tanzstudio an diesem Tag für alle tabu ist, außer für jene, die bei den Dreharbeiten dabei sind. Ich möchte ausdrücklich darauf hinweisen, dass die Fernsehleute nicht belästigt werden dürfen. Das heißt, ihr dürft ihnen nicht nachlaufen oder ihnen die Arbeit in irgendeiner Weise noch mehr erschweren, als sie ohnehin ist. Sie bitten darum, ihre Anwesenheit möglichst zu ignorieren, und ich erwarte, dass ihr diesem Wunsch nachkommt.«

Als Lolly, Pop und ihre Freunde den Theatersaal verließen, hörten sie aufgeregtes Getuschel um sich herum.

»Wow!«, jubelte Fire. In diesem Gedränge auf einem Bein eine 360-Grad-Drehung zu machen, war sicher nicht einfach, doch erstaunlicherweise schaffte er es, ohne allzu viele seiner Mitschüler anzurempeln.

»Gratuliere!«, sagte eine ältere Schülerin, die gerade von einem Label unter Vertrag genommen worden war.

»Danke, gleichfalls!«, sagte Lolly.

Das ältere Mädchen war im ersten Moment überrascht und wurde dann rot. »Ach so, ja«, sagte sie und strahlte übers ganze Gesicht. »Ist es nicht herrlich, wenn alles nach Wunsch läuft?« Nach diesen Worten drehte sie sich um und verschwand im Gedränge. Lolly blickte ihr nach und wünschte sich, sie wäre nur halb so glücklich.

Neben ihr hielt Pop Hof.

»Was diese Fernsehleute auf uns aufmerksam gemacht hat, ist die Kombination aus Modeln und Singen«, sagte sie gerade zu ihren Fans. »Es gibt natürlich viele, die von der einen Branche zur anderen überwechseln wollen, aber nur wenige schaffen es tatsächlich. Wir hoffen, dass es uns dank der Schule hier gelingen wird, unseren Traum zu verwirklichen.«

Sie war gut, das musste Lolly ihr lassen. Pop klang so selbstsicher und erwachsen, wenn sie im Rampenlicht stand. Im Moment redete sie zwar nur mit Mitschülern, aber sie hätte genauso gut ein Interview fürs Fernsehen geben können. Sie und Pop mochten eineiige Zwillinge sein, doch während Pop schon ganz in ihrer Rolle als glamouröser Star aufging, fühlte sich Lolly absolut nicht wie eine Berühmtheit.

Da erspähte sie Chloe in dem Gedränge. »Kommst du mit in unser Zimmer?«, fragte sie, sobald sie es geschafft hatte, sich zu ihrer Freundin durchzukämpfen.

»Okay.«

Die Menge löste sich allmählich auf, als die Schüler ihre Bücher holen und zu ihrer nächsten Unterrichtsstunde gehen mussten.

»Ich wünschte, ich könnte meine Rolle in dieser Sendung an dich abgeben«, seufzte Lolly, als sie auf ihr Wohnhaus zugingen.

»Halte durch«, sagte Chloe. »Wenn es so weit ist, wird es dir sicher Spaß machen.«

»Klar«, sagte Lolly, »kann gut sein. Trotzdem werde ich das Gefühl nicht los, in einem führerlosen Bus zu sitzen, von dem ich nicht mehr abspringen kann.«

»Frostige Tage, frostige Gesichter!«, rief Pop, die ihnen auf dem Kiesweg nachgelaufen kam. »Macht euch keine Sorgen wegen morgen, ihr zwei. Tu einfach so, als sei die Kamera gar nicht da, Chloe. Sie wird ohnehin nicht viel auf dich gerichtet sein.« Sie wandte sich an Tara und einige andere Mädchen, die ihnen folgten. »Aufnahme! Die zweite!«, rief sie und tat so, als würde sie sie filmen. »Nach einem kräftigen Frühstück holen die Schülerinnen ihre Bücher und Hefte, um zu ihrer ersten Unterrichtsstunde zu gehen.«

Um die Mittagszeit kam ein großes Paket für die Zwillinge an. Chloe und Tara schauten zu, wie sie die Kleidung auspackten, die sie bei den Dreharbeiten tragen würden. Satin hatte ihre Sache wirklich gut gemacht!

»Wow! Schaut euch das an!«, rief Chloe, als zwei Hosenanzüge, etliche Oberteile, Röcke und Jeans zum Vorschein kamen. »Warum braucht ihr so viele Sachen?«

»Na, damit wir uns etwas aussuchen können«, erklärte Lolly. »Die Hosenanzüge sind für die Performance«, ergänzte sie, nachdem sie die Karte gelesen hatte, die Satin beigelegt hatte. »Sie findet sie sehr passend für das Gangster-Motiv.«

»Louis Rose«, sagte Pop, knöpfte eine der Jacken auf und zeigte Tara das Designer-Label. »Meine Lieblingsfirma, aber leider schrecklich teuer. Schade, dass wir sie nicht behalten dürfen.«

»Echt? Das dürft ihr nicht?«, fragte Chloe perplex.

»Designer verschenken solche Sachen nicht mir nichts, dir nichts«, erklärte ihr Pop.

»Die anderen Sachen sind alle von Ginger-Fizz«, las Lolly vor.

»Satin schreibt, wir sollen uns für tagsüber etwas aussuchen, in dem wir uns wirklich wohlfühlen. Oh! Und Ginger-Fizz sagte, wir dürften je ein Outfit behalten, solange wir es selbst tragen und nicht verschenken.«

»Ginger-Fizz ist kein Spitzen-Label«, erklärte Pop. »Diese Sachen kann man in vielen Läden kaufen. Und ich denke, sie hoffen, dass sie ihren Umsatz steigern, wenn die Zuschauer uns in ihren Klamotten sehen.«

Tara schnaubte abfällig, als sie die hellen, bunten Farben sah. »Igitt!« Sie deutete verächtlich auf ein hellgrünes Top. »In dem da würde ich mich nicht mal einsargen lassen.«

»Klar, du trägst ja grundsätzlich nur Schwarz!«, lachte Pop.

»Von *Ausleihen* war aber nicht die Rede«, erklärte Lolly. »Wie findest du den hier, Chloe? Gefällt er dir?«

Chloe nickte begeistert beim Anblick des traumhaft weichen Kaschmirpullis in Bonbonpink, den Lolly hochhielt.

»Gut, dann behalte ich den«, fuhr Lolly fort. »Natürlich werde ich ihn auch selbst tragen, aber du kannst ihn dir jederzeit ausleihen, Chloe.«

Die ganze Mittagspause über probierten die Zwillinge ein Kleidungsstück nach dem anderen an, doch leider läutete viel zu früh die Glocke für den Nachmittagsunterricht.

»Herrje, wir müssen das Zeug noch schnell wegpacken«, stöhnte Pop. »Hast du noch Platz in deinem Schrank, Chloe? Meiner platzt gleich!«

An diesem Abend saßen Pop, Lolly und Chloe auf ihren Betten und redeten über das Fernsehteam, das am nächsten Morgen anreisen würde.

»Mach ja keinen Quatsch mit deinen Haaren«, warnte Pop Lolly. »Satin legt bestimmt Wert darauf, dass wir so aussehen, wie man uns kennt: sprich, mit offenen Haaren. Falls du andere Pläne haben solltest«, sagte sie, »sollten wir das besser jetzt gleich besprechen.«

»Es geht nicht um meine Haare«, murmelte Lolly.

Pop runzelte die Stirn. »Worum denn dann?«, fragte sie. Als ihre Schwester schwieg, hakte sie nach. »Nun sag schon!«

Lolly schaute ihre Zwillingsschwester an. Sie sah, wie deren Augen immer größer wurden, weil Pop plötzlich begriff, dass etwas sehr Ernstes kommen würde. Lollys Herz schlug schneller.

Ich könnte ihr natürlich sagen, ich hätte nur Lampenfieber, dachte sie. *Ich muss ihr nicht sagen, wie es wirklich in mir aussieht. Ich will ihr ja nicht wehtun.* Sie sah zu Chloe hinüber, die schweigend auf ihrem Bett saß. Es war nur ein kurzer Blickwechsel, doch er reichte aus, um Lolly Mut zu machen.

Wie dumm von mir, dachte sie. *Es geht doch um mich! Um das, was ich will! Und es ist mir wichtig. Deshalb kann ich nicht länger Rücksicht auf Pop nehmen.*

Pop wartete mit großen, ängstlichen Augen. »Was?«, fragte sie. »Was ist los?«

Lolly warf ihre Haare zurück und hob entschlossen das Kinn. »Ich will kein Star mehr werden«, sagte sie.

Zoff

Pops Kinnlade klappte herunter. Ungläubig starrte sie Lolly an. »Was soll das heißen? *Du willst kein Star mehr werden?*«

Lolly stand auf und schritt im Zimmer auf und ab. Das Herz klopfte ihr bis zum Hals. »Na ja, ich will nicht mehr berühmt werden. Klar, anfangs fand ich es faszinierend«, brach es aus ihr heraus. »Aber ich will nicht für den Rest meines Lebens Model oder Popsängerin sein. Es gibt andere Dinge, die mich mehr interessieren.«

»Und was?«, krächzte Pop.

»Es ist ja ganz lustig, als Model zu arbeiten«, fuhr Lolly fort, »aber es gibt noch mehr im Leben. Je länger ich in dieser Schule bin, desto mehr merke ich, dass ich auch keine Sängerin werden möchte. Es ist ... irgendwie oberflächlich.«

Chloe schnappte nach Luft und Lolly merkte, dass sie zu weit gegangen war.

»Wie kannst du es WAGEN?«, zischte Pop. »Wie kannst du es wagen, so etwas zu sagen? Hast du eine Ahnung, was Popsänger ihren Fans bedeuten? Oder denk an ihre Auftritte für wohltätige Zwecke! Oder an die Spenden von vielen berühmten Models! Das nennst du oberflächlich? Im ERNST?«

Lolly schüttelte den Kopf. »Nein«, sagte sie. »Ich habe nicht gemeint …«

»Gemeint, gemeint«, äffte Pop sie wutschnaubend nach. »Kein Mensch weiß, was du meinst. Früher habe ich es gewusst, aber das ist vorbei. Ich weiß nicht, was plötzlich in dich gefahren ist, aber ich glaube dir kein Wort. Du hast nie auch nur *angedeutet*, dass dir nicht gefällt, was wir tun. Warum ausgerechnet jetzt? Findest du es nicht auch merkwürdig, dass du bis jetzt gewartet hast, wo sich uns die Chance unseres Lebens bietet? Und auf einmal drehst du durch!«

Pops Gesicht war vor Wut so verzerrt, dass es wie eine scheußliche Maske aussah.

»Du bist nur *neidisch*, weil ich mich so für meine Karriere engagiere«, brüllte sie Lolly an. »Du bist immer nur mitgezockelt und jetzt hast du Angst, ich würde dich morgen ausstechen. Das ist dir peinlich. Oh ja! Du erträgst es nicht, dass ich in irgendwas besser sein könnte als du, stimmt's?«

»Aber …«

»Du willst mich bloß fertigmachen, was? Damit ich morgen vor den Kameras verunsichert bin. Aber wart's ab!«

Pops Gesicht war nur noch wenige Zentimeter von dem ihrer Schwester entfernt. »Wart's nur ab!« Pop musste tief Luft holen. »Ich werde dir zeigen, dass ich ein echter Profi bin! Ich werde vor den Kameras *glänzen* und auch als Sängerin, wie sehr auch immer du versuchen wirst, das zu verhindern!«

Schweigen. Dann stieß Pop ein ersticktes Schluchzen aus. Sie riss ihre Fleecejacke vom Stuhl und stürzte zur Tür. Dort stieß sie beinahe mit Tara zusammen, die gerade hereinkommen wollte. Pop schob sie unsanft zur Seite und rannte dann Hals über Kopf den Flur hinunter.

»Oh«, meinte Tara verdutzt. »Soll ich ihr nachlaufen?«

Chloe blickte auf Lolly, doch Lolly hatte sich auf ihr Bett geworfen und das Gesicht im Kissen vergraben.

»Dann werd ich mal«, sagte Tara achselzuckend und ging wieder hinaus.

Chloe trat zu Lollys Bett. »Lolly?«, fragte sie vorsichtig.

Lolly rollte sich auf den Rücken und setzte sich auf. Ihre Augen waren gerötet und sie sah sehr mitgenommen aus.

»Was ich über Popsänger gesagt habe, tut mir leid«, flüsterte sie. »Es war nicht so gemeint. Und es stimmt auch nicht. In fast jedem Beruf gibt es oberflächliche und nette Menschen.«

»Ich weiß«, sagte Chloe.

»Aber ich war so wütend. Eigentlich sauer auf mich selbst, weil ich mich in diese Lage gebracht habe. Ich habe mich total bescheuert ausgedrückt und jetzt hat Pop einen völlig falschen Eindruck. Sie hat noch immer keinen blassen Schimmer, worum es mir wirklich geht. Und dieser ganze schreckliche Streit war völlig umsonst. Was soll ich nur tun?«

»Ich hätte Tara aufhalten sollen«, sagte Chloe. »Sie macht alles sicher nur noch schlimmer.«

»Es würde nichts nützen, wenn ich Pop nachrenne, solange sie in diesem Zustand ist«, sagte Lolly kleinlaut. »Wir würden uns nur wieder streiten. Am besten, ich lasse sie für eine Weile in Frieden, bis sie sich beruhigt hat.«

Mehr gab es nicht zu sagen. Schweigend machten Lolly und Chloe sich daran, ins Bett zu gehen. Doch als sie aus dem Bad kamen, waren Pop und Tara noch immer nicht zurück.

»Meinst du, es ist alles in Ordnung?«, fragte Chloe.

»Das hoffe ich«, antwortete Lolly. »Sie können nicht weit weg sein. Bald wird das Licht gelöscht.«

»Soll ich nach unten gehen und schauen, ob sie im Aufenthaltsraum sind?«, schlug Chloe vor.

Lolly nickte. »Wäre nett von dir.«

Doch das blieb Chloe erspart, denn in diesem Moment wurde die Tür aufgerissen und Pop und Tara traten ein. Pop warf einen großen weißen Umschlag auf ihr Bett und zog sich schweigend aus, wobei sie Lolly den Rücken zuwandte. Tara ging ins Bad.

Nachdem Pop in ihren Schlafanzug geschlüpft war, griff sie nach dem Umschlag und riss ihn auf. Als Lolly sah, was daraufstand, bekam sie einen Riesenschreck.

»Nein!«, rief sie entsetzt. »Nein! Nicht aufmachen!«

Pop starrte ihre Schwester nur kurz an. Sie hatte Lollys Zicken satt. Aber um ganz sicherzugehen, schaute sie schnell noch einmal auf den Umschlag. *Miss P. Lowther.* Also eindeutig für sie. Warum sie Post von einer Berufsberatung bekam, war ihr jedoch ein Rätsel. *EINE INFORMATIONSBROSCHÜRE VON careers@whatdoyouwanttobe.com* stand in GROSSBUCHSTABEN auf dem Umschlag.

»Nicht!«, winselte Lolly, doch Pop hörte nicht auf sie. Entschlossen riss sie den Umschlag auf und zog den Inhalt heraus. Von der ersten Seite lächelte sie eine strahlende Frau in einem weißen Kittel an. *Du interessierst dich für den Arztberuf?*, stand unter dem Bild.

So ein Quatsch, dachte Pop ungehalten. *Wie bescheuert.* Sie blätterte den Stapel Broschüren durch und entdeckte ein Begleitschreiben. Als sie anfing, es zu lesen, schien die Zeit plötzlich stillzustehen.

Liebe Polly Lowther, stand da. Polly, nicht Pop. Polly war Lollys richtiger Name. Ursprünglich hießen sie Poppy und Polly. Erst später hatten sie ihre Spitznamen bekommen, bei denen es dann geblieben war. *Liebe Polly.* Der Brief war für Lolly! Aber warum? Warum hatte Lolly Informationsbroschüren darüber angefordert, wie man Arzt wurde?

Pop warf einen ratlosen Blick auf ihre Schwester und ihr wurde plötzlich eiskalt. Lollys kreidebleiches Gesicht sagte alles: die Wahrheit. Lolly wollte Ärztin werden, nicht Popsängerin. Sie wollte Pop nicht ausstechen. Es war schlimmer. Viel, viel schlimmer.

Mit zittrigen Fingern raffte Pop die Broschüren zusammen und trat damit an Lollys Bett. Obwohl sie das Gefühl hatte, ihre Beine würden gleich einknicken oder sie würde sich übergeben müssen, schaffte sie es, die Info-Broschüren auf das Bett zu werfen. Dann schlug sie sich eine Hand vor den Mund und tapste auf wackligen Knien zur Tür. Sie wusste nicht, wohin sie gehen sollte, aber in diesem Zimmer hielt sie es keine Sekunde länger aus. Sie tastete nach dem Türgriff und wankte hinaus.

Wenig später kam Mrs Pinto vorbei und sagte, Pop sei auf der Krankenstation.

»Aber macht euch keine Sorgen«, fügte Mrs Pinto hinzu. »Morgen geht es ihr sicher wieder besser. Ich vermute, es ist nur Lampenfieber, weil morgen die Filmcrew kommt. Alles in Ordnung mit dir?«, fragte sie Lolly.

»Ja«, antwortete Lolly, was absolut nicht der Wahrheit entsprach.

Mrs Pinto schien nicht zu merken, dass Lollys Stimme bebte. Sie löschte die Deckenlampe und wünschte ihnen unbekümmert eine gute Nacht.

Lolly wusste, dass sie in dieser Nacht kein Auge zumachen würde, und tatsächlich hatte sie das Gefühl, sich die ganze Zeit hin und her zu wälzen. Als es dann endlich Zeit zum Aufstehen war, fühlte sie sich wie gerädert. Und in diesem Zustand sollte sie sich vor eine Kamera stellen?

»Pop ist so weit wiederhergestellt, dass sie beim Drehen dabei sein kann«, erklärte Mrs Pinto, als Lolly hinunterging, um sich nach ihrer Schwester zu erkundigen. »Sie wird dir eine Nachricht schicken.«

Lolly atmete erleichtert aus. Pop hatte sich offenbar wieder beruhigt. Alles würde gut werden.

»Es ist so vielleicht das Beste«, sagte Chloe, als Lolly wieder nach oben kam. »Zumindest weiß Pop jetzt, was los ist. Aber es muss ein grässlicher Schock für sie gewesen sein, als sie es ausgerechnet über diese Broschüren erfuhr. Ich wusste gar nicht, dass du Info-Material angefordert hattest.«

»Ich auch nicht«, gestand Lolly zerknirscht. »Ich habe zwar meine Adresse in den PC getippt, war mir aber nicht sicher, ob ich sie auch abschicken soll. Doch da kam ein Junge herein und ich bin erschrocken. Irgendwie habe ich da wohl auf die Maus geklickt, aber gemerkt habe ich nur, dass der Bildschirm plötzlich schwarz wurde. Wahrscheinlich habe ich auf SENDEN geklickt, aber ich wusste nicht mal, dass der Computer überhaupt online war.«

»Hey, du weißt doch, dass man im Internet keine persönlichen Angaben machen soll«, rief Tara ihr in Erinnerung.

»Ja, ich weiß«, entgegnete Lolly. »Und ich werde es auch nie wieder tun. Ich habe meine Lektion gelernt, glaub mir.«

Kurz bevor sie zum Frühstücken gingen, brachte eine Aufsichtsschülerin ihr ein Schreiben von Pop. Unter Chloes und Taras gespannten Blicken setzte sich Lolly, ehe sie den Umschlag aufriss.

Lolly, ich werde dir nie verzeihen, dass du unser Duo zerstört hast. Warum warst du überhaupt einverstanden, auf diese Schule zu gehen, wenn du das Singen so schrecklich findest? Aber am schlimmsten fand ich, dass ich es so erfahren musste. Was, glaubst du, soll ich tun, wenn du mich im Stich lässt, um an die Uni zu gehen?
Doch ein echter Profi steht zu seinen Verpflichtungen und deshalb lasse ich mich durch deinen Verrat nicht aus der Bahn werfen. Ich werde zu den Dreharbeiten kommen, aber erwarte nicht, dass ich jemals wieder mit dir rede.
Ruf so bald wie möglich Mum an und sag ihr, dass sie dich auf eine andere Schule schicken soll. Wenn du nicht mehr zu Pop 'n' Lolly gehören willst, will ich nicht, dass du hier bleibst und mir alles verdirbst.
Poppy Lowther

Lolly begann haltlos zu schluchzen. Ihre Zwillingsschwester, ihre beste Freundin, der Mensch, den sie mehr liebte als jeden anderen, wollte sie nicht mehr in ihrer Nähe haben.

»Und? Was schreibt sie?«, erkundigte sich Chloe besorgt.

Wortlos reichte Lolly ihr das Schreiben und Chloe überflog es.

»Und?«, fragte Tara.

Lolly wedelte mit der Hand. »Du kannst es ruhig auch lesen«, sagte sie resigniert. »Früher oder später erfahren es sowieso alle.«

Tara las die Nachricht, faltete das Blatt zusammen und gab es Lolly zurück. »Pop hat recht«, sagte sie nüchtern.

»Tara!«, fauchte Chloe. »Wie kannst du so etwas sagen?«

»Was sie über echte Profis im Showbusiness sagt, stimmt«, rechtfertigte sich Tara. »Das Einzige, was im Moment zählt, sind die Dreharbeiten. Alles andere könnt ihr später klären.«

Lolly bemühte sich redlich, ebenso professionell zu sein wie ihre Schwester. Die Kamerafrau folgte ihnen von Unterrichtsraum zu Unterrichtsraum und nach einer Weile hatte Lolly fast vergessen, dass sie gefilmt wurden. Die Frau filmte Lolly bei einer Besprechung mit Mrs Pinto. Auch Pop und Tara wurden gefilmt, wie sie zusammen plauderten und lachten.

»Euch beide bekomme ich nur selten gemeinsam vor die Kamera«, sagte die Kamerafrau nach einer Weile vorwurfsvoll, woraufhin sich Pop brav bei ihrer Schwester einhakte und mit ihr zusammen am See spazieren ging. In der kühlen Luft war ihr Atem zu sehen, während Pop fröhlich Konversation machte und Lolly angestrengt versuchte, etwas Interessantes zu sagen. Doch sobald die Kamera nicht mehr lief, zog Pop ihren Arm zurück und behandelte Lolly wieder wie Luft.

»Im Gegensatz zu anderen Zwillingen seid ihr nicht unzertrennlich«, kommentierte die Kamerafrau trocken.

»Richtig«, sagte Pop gekünstelt heiter. »Es ist wichtig,

viele Freunde zu haben. Man kann sich nicht immer nur auf seinen Zwilling verlassen. Das wäre dumm!«

Dieser Seitenhieb machte Lolly noch trauriger. Wollte dieser schreckliche Tag denn gar kein Ende nehmen? Erst als sich die Kamerafrau verabschiedet hatte, nahm Lolly ihren Mut zusammen und wagte einen Vorstoß.

»Es tut mir leid, dass ich dich so gekränkt habe«, sagte sie zu Pop. »Können wir nicht darüber reden und uns wieder vertragen?«

Pop starrte sie nur finster an und machte sich nicht mal die Mühe, ihr zu antworten.

Als Schlafenszeit war, hatte sich immer noch nichts geändert. Lolly zog den schönen Pulli in Bonbonpink aus, den sie tagsüber getragen hatte, und legte ihn auf Chloes Bett. Sie wusste, dass sie Chloe damit eine Freude machte, doch auch dieser Gedanke konnte sie nicht aufheitern.

»Mannomann!«, beschwerte sich Tara, als sie ins Bett stieg. »Ich dachte immer, ich sei hier der Miesepeter der Nation, aber gegen euch zwei bin ich ein Waisenknabe!«

Es kam wahrlich selten vor, dass Tara versuchte, jemanden zum Lachen zu bringen, und unter normalen Umständen hätten die anderen das zu würdigen gewusst. Doch an diesem Abend war niemand in Stimmung.

»Ach, halt die Klappe, Tara«, sagte Chloe, schob dann aber schnell ein »Entschuldige« nach.

»Kommt, schlafen wir«, seufzte Lolly. »Morgen wird das ganze Filmteam da sein und wir haben unseren Auftritt. Das wird ein wichtiger Tag.«

Ton ab, Kamera läuft!

Am Morgen herrschte zwischen Pop und Lolly nach wie vor Funkstille. Doch sie hatten keine Zeit zum Trübsalblasen. Beim Frühstück kamen Fire und Danny aufgeregt in die Cafeteria gerannt.

»Die Leute vom Fernsehen sind da!«

Fast alle sprangen auf und rannten ans Fenster. Und tatsächlich, ein weißer Kleinbus stand auf dem Rasen vor dem Tanzstudio und etliche Leute in Jeans schleppten allerhand Geräte hinein.

Trotz der allgemeinen Aufregung musste die Klasse zuerst noch zwei Unterrichtsstunden über sich ergehen lassen. Doch niemand war sehr konzentriert bei der Sache, und als endlich Pause war, fieberten alle vor Aufregung. Nach der Pause sollten sie sich in der Aula einfinden. Dort wurden sie von Mr Player und Mr Penardos erwartet.

»Der Produzent möchte sich vorab einen Durchgang anschauen, damit er weiß, wo die Kameras stehen müssen«, verkündete Mr Penardos. »Aber zuvor müsst ihr euch noch umziehen und schminken lassen. Erst Pop und Lolly, dann kommen die anderen dran!«

Pop und Lolly waren es gewöhnt, vor einem Model-Auftritt geschminkt zu werden. »Ich nehme nur einen Hauch Puder und einen neutralen Lippenstift«, erklärte ihnen die Maskenbildnerin. »Eure Agentin will ein schlichtes Make-up, das eure Jugend betont.« Sie arbeitete sehr flink und die Zwillinge waren im Nu fertig und konnten ins Tanzstudio gehen.

Hier waren an diesem Morgen schon beträchtliche Veränderungen vorgenommen worden. Der Fußboden war mit schwarzen Stromkabeln übersät. Die Jalousien waren heruntergelassen, um das graue Morgenlicht auszusperren, und überall standen Lampen auf hohen Ständern. Drei große schwarze Kameras warteten, mit jeweils einem Kameramann, auf den Drehbeginn. Erstaunlich viele Leute rannten durcheinander, mit Klemmbrettern oder Funkgeräten in der Hand.

Nicht mehr lange und Pop und Lolly würden über den Laufsteg schreiten. Obwohl Lolly bei Modenschauen schon oft vor Hunderten von Zuschauern aufgetreten war, geriet sie plötzlich in Panik. Lag es an den Kameras oder daran, dass alle ihre Mitschüler dabei waren? Nein, das war es nicht, wie Lolly glaubte. Sie fühlte sich so unwohl, weil sie und ihre Schwester gleich so eng zusammenarbeiten würden wie früher, und das, obwohl sie sich so weit voneinander entfernt hatten wie nie zuvor.

Satin saß auf einem Klappstuhl und unterhielt sich angeregt und sehr ernst mit einem gestresst aussehenden Mann im Hawaiihemd. Als die Zwillinge zögernd stehen blieben, eilte ein junger Mann auf sie zu und hakte ihre Namen auf seinem Klemmbrett ab.

»Ich bin Hugh, der Aufnahmeleiter«, sagte er. »Und das ist unser Produzent, Richard.«

Der Mann im Hawaiihemd wandte sich kurz von Satin ab und nickte Pop und Lolly zu.

»Könnt ihr bitte gleich eure Startposition einnehmen?«, bat Hugh. »Wenn alle bereit sind, wird Richard festlegen, wo die Kameras hinkommen.«

Der Produzent brauchte ewig, bis er mit den Kameraleuten die richtige Einstellung besprochen hatte, und die Scheinwerfer wurden mehrmals ein paar Zentimeter hierhin und dann wieder dorthin verschoben. Doch das fanden alle so interessant, dass ihnen das Warten nichts ausmachte. Selbst Tara unterhielt sich angeregt mit Danny, während der Produzent durch das Objektiv einer riesigen Kamera spähte, die auf einer Art Kran angebracht war.

Pop und Lolly, die auf dem Laufsteg bereitstanden, waren die Einzigen, die sich nicht unterhielten. Es brachte Lolly fast um, dass Pop es schaffte, sie wie Luft zu behandeln, während sie gleichzeitig den Eindruck vermittelte, zwischen ihr und ihrer Schwester sei alles in bester Ordnung. Warum schaute Pop sie kein einziges Mal an? Dann hätte Lolly hoffen können, dass sie ihr irgendwann verzeihen würde, und ihr wäre ein Stein vom Herzen gefallen. Doch Pop schaute überall hin, nur nicht auf ihre Schwester, und Lolly wurde zunehmend frustrierter. Sie fand plötzlich sogar das Scheinwerferlicht unerträglich heiß, obwohl es sie bei früheren Auftritten nie gestört hatte. Die Maskenbildnerin musste zweimal mit ihrer Puderdose auf den Laufsteg kommen, weil Lollys Gesicht so glänzte.

Wenn Pop doch nur endlich etwas zu ihr sagen würde! Selbst ein weiterer Wutanfall wäre Lolly lieber gewesen als dieses Schweigen. Aber einen Streit vor den Kameras konnten sie sich wahrlich nicht leisten.

Sobald alles vorbereitet war, machten sie eine Art Trockenübung, indem sie über den Laufsteg schritten, ohne zu singen oder zu tanzen. Richard unterbrach sie mehrmals, auch als die Gangster auf den Laufsteg kamen, und das Ganze wurde immer komplizierter. Aber dafür sahen alle toll aus. Die Schulgarderobiere hatte sich selbst übertroffen und Pop und Lolly sahen in ihren Designeranzügen absolut fantastisch aus.

Nachdem alles perfekt arrangiert war, besprachen sich der Produzent und der Aufnahmeleiter kurz. Danach nickte Richard und verzog sich ins Halbdunkel in den hinteren Teil des Raums.

»Richard will, dass ihr euch unterhaltet, wenn ihr hereinkommt«, sagte Hugh. »Als kämt ihr gerade zu einer Probe. Übrigens eine tolle Idee, die Performance auf dem Laufsteg mit einem Song zu kombinieren!«

Auf Hughs fragenden Blick hin hoben die Kameraleute,

die Beleuchter und der Tonmeister mit seinem an einer langen Stange in der Luft aufgehängten Mikrofon den Daumen.

»Ruhe bitte! Ton ab! Kamera läuft!«, verkündete Hugh. »Action!« Dann zog er sich mit seinem Klemmbrett ins Dunkel zurück, um sich zum Produzenten zu setzen.

Lolly fiel beim besten Willen nichts ein, doch Pop plapperte los, als sei alles in Butter.

»Ich finde diese Anzüge klasse!«, sagte sie und schaute lächelnd auf einen Punkt direkt neben Lollys Ohr. »Und, kannst du in den Schuhen einigermaßen laufen?«

»Ja«, antwortete Lolly mechanisch, während sie insgeheim bewunderte, wie blitzschnell Pop die Designerkleidung erwähnt hatte, die ihnen leihweise überlassen worden war. Wenn diese Sequenz in der Endfassung drinblieb, würde sich der Designer freuen und ihnen sicher weitere Kleidungsstücke schicken. Pop war wirklich ein echter Profi!

Danny griff nach seinen Drumsticks, gab Tara mit einem leisen Klopfen den Takt vor und sie begannen mit dem Intro.

Pop 'n' Lolly sangen die erste Strophe und stolzierten dabei über den Catwalk, an dessen Ende sie von Chloe erwartet wurden. Lollys Nerven waren zum Zerreißen gespannt, doch Pop sang, was das Zeug hielt. Als die Zwillinge vorne bei Chloe ankamen, war Pop zu Hochform aufgelaufen. Zu Lollys Überraschung hakte Pop sich bei ihr unter, aber es war keine schwesterliche Geste. Ihr Griff war eisern und Lolly wurde klar, dass Pop an den Zwischenfall mit Tikki Deacon dachte und nichts dem Zufall überlassen wollte.

»I'm dressed for my future.
I'm dressed to thrill.
And when I see your eyes, you'll know
I'm dressed to kill.«

Die Mädchen sangen den Refrain zu dritt, doch Pop hätte ihn genauso gut allein singen können. Bei den letzten Worten starrte sie ihre Schwester so böse an, dass Lolly die Worte tatsächlich im Hals stecken blieben. Dann stieß Pop den Arm ihrer Schwester weg und stolzierte allein über den Laufsteg zurück, während sie die zweite Strophe schmetterte. Lolly konnte nichts dagegen tun; wie ein geprügeltes Hündchen schlich sie hinter Pop her.

Bitte nicht, bettelte Lolly ihre Schwester stumm an und starrte auf deren Rücken. *Bitte, hass mich nicht! Das ertrage ich nicht. Ich wollte dir nicht wehtun, aber ich muss zur Abwechslung auch einmal an mich denken.*

Und dann geschah es. Lolly wurde ebenfalls wütend.

Trotzig warf sie den Kopf in den Nacken und schritt energisch hinter ihrer Schwester her. Gerade rechtzeitig, um mit Chloe und Pop gemeinsam zum zweiten Mal in den Refrain einzusteigen. Lolly wusste, dass Pop in Kamera eins blickte, und stellte sich kurz direkt vor sie, sodass Pop ihr in die Augen schauen musste. Sie hatte keinen

Grund, sich so schuldig zu fühlen! Es ging um etwas, was sie *beide* betraf.

Pop blieb nichts anderes übrig, als Lollys Blick zu erwidern. Und das genügte. Dieser eine Blick brachte Pop zur Besinnung. Das Dilemma, in dem ihre Schwester steckte, brannte sich in ihr Bewusstsein und endlich machte es *Klick* in ihrem Kopf. Pop stockte, aber nur kurz. Dann gewann ihre Professionalität wieder die Oberhand. Doch sie wirkte verändert, irgendwie zögernder, und obwohl sie Lolly nicht mehr anschaute, spürte diese, dass ihre Schwester nun an *sie beide* dachte, nicht mehr nur an den Song.

Es war ungewohnt, nach dem Auftritt keinen Applaus zu hören. Aus den Augenwinkeln bemerkte Lolly Satins besorgte Miene. Doch der Produzent und sein Team waren begeistert.

»Wow! Das war spitze!«, jubelte Richard. Das Kamerateam und die übrigen Techniker lächelten. »Das war gekonnt, junge Dame«, lobte Richard Pop und strahlte übers ganze Gesicht. »Hast du schon mal daran gedacht, später Schauspielerin zu werden? Und dieser Blick, den ihr euch zugeworfen habt, beim zweiten Refrain! Haben wir den auf Kamera zwei? Fantastisch! Ihr wart *alle* echt gut«, fügte er an die ganze Klasse gerichtet hinzu.

Nun war die Zeit für das geplante Abschlussinterview gekommen und Hugh stellte ein paar Fragen aus dem Off. Wenn der Film später geschnitten war, käme kein Mensch auf die Idee, dass die Mädchen auf die Fragen eines für die Kamera unsichtbaren Aufnahmeleiters antworteten. Alle würden denken, sie sprächen direkt zum Publikum.

»Unsere Mutter hat ein Foto von uns an eine Agentin geschickt, an Satin Fountain-Blowers«, sagte Lolly als Antwort auf die Frage, wie alles begonnen hatte. »Sie vertritt uns seit damals, als wir noch ziemlich klein waren, etwa sechs Jahre alt, glaube ich. An unseren ersten Auftritt kann ich mich allerdings nicht mehr erinnern.«

»Ich schon«, warf Pop da aufgeregt ein. »Ich erinnere mich noch an jede einzelne Sekunde. Es waren Aufnahmen für einen Modekatalog und wir durften Dutzende verschiedener Sachen anziehen. Ich weiß auch noch, dass etliche andere Kinder da waren. Einige von ihnen hatten ziemlich schnell die Nase voll von der Umzieherei. Lolly fand es auch nicht so toll, aber ich war *total* begeistert.«

»Satin hat uns auf die Rockley Park Schule aufmerksam gemacht«, sagte Pop als Antwort auf die nächste Frage aus dem Off. »Wir haben schon immer gern gesungen und Satin fand, es könne nichts schaden, auch auf einem anderen Gebiet Erfahrungen zu sammeln. Ich persönlich habe schon immer davon geträumt, eines Tages Popsängerin zu werden«, fuhr sie etwas wehmütig fort, »zusammen mit meiner Schwester …«

Lolly ließ den Kopf hängen und zupfte nervös an ihrem Hosenbein herum. Das Herz klopfte ihr bis zum Hals. Was hatte Pop vor? Wollte sie sie vor der Kamera bloßstellen?

Pop blickte so ernst in die Kamera, wie es nur Pop Lowther möglich war. »Aber ich glaube nicht, dass sie noch an meiner Seite sein und mit mir singen wird, wenn wir erwachsen sind.«

Bei dieser Enthüllung runzelte der Aufnahmeleiter ratlos die Stirn. In seiner Verwirrung stellte er eine Frage, die gar nicht auf der Liste stand: »Warum nicht?«

»Aus Gründen, die vermutlich nur sie allein kennt, hat meine Schwester seit Neuestem andere Berufspläne. Sie will ... *Ärztin* werden.«

Verblüfftes Schweigen machte sich breit. Die Filmleute schauten fragend auf den Produzenten, der ihnen nickend zu verstehen gab, die Kameras weiterlaufen zu lassen.

Pop sollte ihn nicht enttäuschen.

»Ich bin genau da, wo ich auch sein will«, sagte sie und legte sich beide Hände aufs Herz. »Ich wollte schon immer berühmt werden. Ich stehe gern auf der Bühne oder auf dem Laufsteg und Rockley Park ist eine wunderbare Schule für jemanden wie mich. Aber ...«, fuhr sie fort, »... in Lollys Fall verhält es sich anders. Wir sehen zwar gleich aus und haben früher auch dasselbe gedacht, doch diese Zeiten sind vorbei. In meinem Fall ist es so, dass ich die Menschen glücklich machen möchte.« Sie drehte sich zu Lolly, die in Pops Augenwinkel eine Träne schimmern sah. Sie glitzerte im Schein der hellen Lampen wie ein kostbares Juwel. »Lolly dagegen möchte die Menschen *gesund* machen.« Sie holte tief Luft, um das Beben in ihrer Stimme zu unterdrücken. »Ich bin ja so stolz auf sie!« Dann versagte ihr die Stimme und die Träne in ihrem Augenwinkel kullerte in Zeitlupe an ihrer hübschen Nase entlang.

Happy End für alle

Unter Tränen fielen sich Pop und Lolly in die Arme und drückten sich so heftig, dass sie ihre Designeranzüge dabei zerknitterten. Sie hatten das Gefühl, ganz allein im Raum zu sein. Aber das war natürlich nicht der Fall.

»Als du mir vorhin direkt in die Augen geschaut hast«, schluchzte Pop, »da habe ich es endlich begriffen. *Ich* würde keine zwei Sekunden lang etwas tun, wozu ich keine Lust habe. Und du hast mir einen Gefallen nach dem anderen getan ... und ich war so schrecklich gemein zu dir.«

Der Mann hinter Kamera zwei ließ seine Kamera unbeirrt weiterlaufen. Kameramann Nummer eins zog sich ein paar Schritte zurück, damit sich die Mädchen nicht bedrängt fühlten, zoomte aber direkt auf ihre Gesichter, sodass es eine Nahaufnahme blieb. Der Tontechniker blickte sich suchend um und wartete auf weitere Anweisungen. Der Produzent gab ihm zu verstehen, sich nicht zu rühren, und deshalb blieb das flauschige Mikrofon, wo es war, nämlich direkt über den Köpfen der Zwillinge.

Richard war überglücklich. Es würde eine bombige Sendung werden. Satin, die ihm von der anderen Seite des Raums hektisch zuwinkte, ignorierte er vorsichtshalber.

Nach einer Weile lösten sich Pop und Lolly wieder voneinander. Ihre Schminke war zerlaufen, beide hatten Tränen in den Augen. Sie schauten einander an und Pop seufzte.

»Es tut mir so leid.«

»Mir auch.«

»Wir werden schon eine Lösung finden.«

»Natürlich.« Lolly rang sich ein Lächeln ab.

Pop musste hicksen. »Du siehst schrecklich aus.«

»Und du erst!«, entgegnete Lolly. Dann fiel ihr ein, wo sie waren. »Herrje, die Kameras!«

Zärtlich schob Pop ihrer Schwester eine Haarsträhne hinters Ohr. »Mach dir keine Sorgen«, sagte sie erstaunlich gelassen, was normalerweise gar nicht ihre Art war. »Es ist keine Livesendung. Satin kann ein Veto einlegen, wenn ihr eine Szene nicht gefällt. – Sie können jetzt ausschalten!«, fuhr sie den Mann an Kamera eins an, der wieder näher gekommen war.

Richard nickte und das Filmen wurde eingestellt.

Sobald die Filmcrew anfing, die vielen Kabel aufzurollen und die grellen Lampen zu demontieren, stürzte sich Satin auf die Zwillinge.

»Was sollte das vorhin von wegen Ärztin?«, fragte sie Lolly.

Pop und Lolly schauten sich an.

»Das ist eine lange Geschichte«, entgegnete Lolly.

»Ihr seid noch jung«, erinnerte Satin die beiden Mädchen. »Ihr habt massenhaft Zeit, euch zu überlegen, was ihr mal werden wollt.« Sie blickte Pop sehr ernst an. »Das war eine großartige Performance, Pop, aber ich denke nicht, dass du dir Sorgen machen musst, dass deine Schwester gleich morgen ein Medizinstudium anfangen könnte.«

»Es war meine Schuld«, sagte Lolly. »Ich bekam plötzlich Panik bei dem Gedanken, für den Rest meines Lebens in der Musikbranche arbeiten zu müssen.«

Satin setzte sich zwischen die Zwillinge und legte jeder einen Arm um die Schultern. »Ich bin eure Agentin, nicht eure böse Stiefmutter«, sagte sie. »Kein Agent, der etwas taugt, würde eine von euch zu etwas zwingen, was sie nicht will.«

»Aber Pop will ja Popsängerin werden, nur ich nicht«, sagte Lolly und schniefte. »Und das ist schrecklich für sie *und* für mich.«

»Nichts dauert ewig«, sagte Satin. »Das könnt ihr mir glauben! Lolly, hast du keinen Spaß mehr an den Model-Jobs, die ich euch immer während der Ferien besorge?«

»Doch, aber …«

»Gehst du nicht gern auf diese Schule?«

»Doch, es macht mir Spaß«, musste Lolly zugeben.

»Na also«, sagte Satin. »Du hast mit dem Modeln schon mehr als genug Geld verdient, um sorgenfrei Medizin studieren zu können. Du brauchst also keinen Studienkredit oder Ähnliches. Warum genießt du nicht erst mal das Leben, wie es ist? Du hast noch massenhaft Zeit, um dir zu überlegen, was du später werden möchtest.«

Lolly nickte. »Stimmt«, schniefte sie. »Aber was ist mit Pop?«

Satin lachte. »Nun, so wie ich Pop gerade vor der Kamera erlebt habe, würde ich sagen, dass sie auf jeden Fall Karriere machen wird … als Sängerin, Model, Schauspielerin, Fernsehmoderatorin oder was auch immer. Die Liste ist endlos. Sie ist ein Naturtalent.«

Pop fiel Satin um den Hals. »Und Sie? Werden Sie meine Agentin bleiben, auch wenn es das Duo Pop 'n' Lolly nicht mehr gibt?«

»Natürlich werde ich das. Aber ich rate euch beiden, vorläufig so lange weiterzumachen, wie es euch Spaß macht. Sprich doch mal mit deinen Lehrern über deinen Berufswunsch, Lolly. Sie werden dich sicher gut beraten. Ich kenne einen Abgänger dieser Schule, der anschließend Jura studiert hat. Falls du später eine akademische Laufbahn einschlagen möchtest, Lolly, findest du auch hier alle erdenkliche Hilfe.«

»Siehst du?«, sagte Pop zu Lolly. »Also, was ist? Wirst du noch ein paar Jahre mit mir in Rockley Park bleiben?«

Lolly tat so, als müsse sie angestrengt überlegen. »Und du? Wirst du aufhören, mich ständig damit zu hänseln, dass ich eine Streberin bin?«, fragte sie zurück.

Die Zwillinge sahen sich an und mussten grinsen.

»Hurra!«, brüllte Fire, der sie schamlos belauscht hatte.

Mr Penardos klatschte in die Hände. »Okay, Leute«, wandte er sich an die Klasse. »Räumen wir auf! Tara, kannst du den Verstärker wieder in die Ecke stellen? Ihr anderen schiebt den Laufsteg an die Wand. Ich habe gleich morgen früh hier eine Unterrichtsstunde, daher müssen wir es jetzt machen.«

Alle packten mit an und so dauerte es nicht lange, bis die hölzernen Bühnenkisten, die als Laufsteg gedient hatten, fein säuberlich an der Wand aufgereiht waren.

»Ich bin froh, dass ihr eine vorläufige Lösung gefunden habt«, sagte Chloe zu den Zwillingen.

Die drei Mädchen standen in einem engen Kreis und umarmten einander.

Pop sah Tara und streckte einen Arm nach ihr aus. »Komm her!«, sagte sie. »Wir vier teilen uns ein Zimmer und müssen zusammenhalten, im Guten wie im Schlechten.«

Tara zögerte zuerst, ließ sich dann aber in den Kreis ziehen.

»Wisst ihr was?«, sagte Lolly und trat einen Schritt zurück. »Ich habe noch einen großen Wunsch.«

Pop, Chloe und Tara sahen sie besorgt an.

»Keine Angst«, sagte Lolly mit einem breiten Grinsen und stellte sich wieder in den Kreis. »Ich werde an der Rockley Park Schule bleiben. Und was immer ich nach dem Abitur auch machen werde – ich wünsche mir, dass wir für immer und ewig so gute Freundinnen sind!«

Teil 2: Danny

Becken und Trommeln

»Kannst du mir mal die Tür aufhalten?«

Danny James mühte sich gerade damit ab, seine große Trommel – auch Bass-Drum genannt – sicher ins Rockmusikgebäude zu bringen. Er hatte keinen richtigen Koffer dafür und sein Instrument durfte auf keinen Fall Schaden nehmen.

Ed Henderson, Dannys Freund und Zimmergenosse, sprang auf und hielt ihm die Tür auf, während Danny seine Trommel ins Zimmer schleppte und vorsichtig auf den Boden stellte.

»Soll ich dir auch mit dem restlichen Zeug helfen?«, fragte Ed.

Danny nickte dankbar. »Ja, bitte. Ein gutes neues Jahr übrigens, Ed.«

Die beiden Jungen gingen durch den Korridor und nach draußen, wo der Rest von Dannys Schlagzeug darauf wartete, hineingetragen zu werden. Es war das erste Mal, dass Danny es schaffte, sein Schlagzeug mit in die Schule zu bringen. Die meisten Schüler brachten ihre eigenen Instrumente mit nach Rockley Park, der berühmten Internatsschule für angehende Sänger, Songwriter und Musiker. Doch weil Dannys Mutter kein Auto hatte, war es für ihn schon schwierig genug, nach den Ferien überhaupt wieder hierherzukommen. Diesmal hatte er zum Glück mit einem Bekannten seiner Mutter mitfahren können, dessen Kombi so groß war, dass Danny *und* sein Schlagzeug darin Platz gehabt hatten.

Bisher hatte Danny immer mit dem schuleigenen Schlagzeug spielen müssen. Das war zwar ganz okay, doch jeder baute sein Drum-Set etwas anders auf und deshalb war es ein Riesenvorteil, wenn man sein eigenes Instrument hier hatte und so stehen lassen konnte, wie man es gewöhnt war. Danny würde einen kleinen Proberaum zugewiesen bekommen, in dem er sein Schlagzeug aufstellen konnte, aber vorerst brauchte er es hier im Saal des Rockmusikgebäudes, weil sie am nächsten Morgen eine Jamsession machen wollten.

Ed betrachtete die übrigen vier Trommeln und die Sammlung an Beckenständern und Beckentellern in den Plastikkisten, die noch hineingetragen werden mussten.

»Warum spielst du eigentlich nicht Gitarre wie ich?«, fragte er spöttisch. »Eine Gitarre lässt sich wesentlich leichter durch die Gegend tragen.«

Danny lachte. »Ha, dafür wiegt dein riesiger Verstärker ungefähr eine Tonne!«, flachste er zurück.

»Stimmt«, musste Ed zugeben. »Und zu Weihnachten habe ich ein großes Multieffektgerät bekommen, folglich hab ich noch mehr Ballast zu schleppen. Ein Glück, dass meine Stimme wenigstens kein Equipment braucht.«

»Danny! Hi, Ed!«, rief da Chloe, die wie ein Wirbelwind herangebraust kam. Danny und sie kannten sich von ihrer früheren Schule und hatten beide ein Stipendium für Rockley Park bekommen. Doch im Gegensatz zu den beiden Jungen, die eine Karriere als Rockmusiker anstrebten, wollte Chloe Popsängerin werden.

»Ist es nicht toll, wieder hier zu sein?«, sagte sie aufgeregt. »Wow! Ist das dein Schlagzeug? Ich sehe es zum ersten Mal! Himmel, da muss dein Zimmer zu Hause ja komplett vollgestellt gewesen sein! Brauchst du Hilfe?«

»Gern!«, kam Ed Danny zuvor. »Kannst du die Tür aufhalten, während wir das Zeug reinschleppen?«

»Ja, bitte!«, fügte Danny hinzu. »Das wäre nett von dir.«

Dank Chloes Hilfe dauerte es nicht allzu lange, bis sie die ganzen Sachen ins Rockmusikgebäude getragen hatten. Danny betrachtete den Haufen und seufzte.

»Ich wünschte, ich könnte mir ein paar anständige Drum-Cases leisten«, sagte er. »Dann wären meine Sachen wesentlich besser geschützt und leichter zu transportieren.«

»Halb so wild«, sagte Ed. »Jetzt ist es ja geschafft. Du musst die Drums nur noch aufbauen.«

Chloe lachte. »Ich wüsste gar nicht, womit ich anfangen sollte«, sagte sie. »Und wo willst du dein Schlagzeug überhaupt hinstellen?«

Danny folgte ihrem suchenden Blick quer durch den Raum. »Hm, entweder hier neben die Tür oder in der Ecke dort«, sagte er und deutete durch den Raum. »Ja, ich denke, gleich hier wäre wohl am besten. Es ist ja nur bis morgen nach der Jamsession.«

»Wofür ist das hier?«, fragte Chloe und hielt einen glänzenden silbernen Stab hoch, der in einem sonderbaren Winkel geknickt war.

»Das ist einer der Füße meines Stand-Toms. Schau, da sind noch zwei. Die fügt man so zusammen.«

»Ich geh dann mal los und kümmere mich um meine Gitarre, wenn bei dir so weit alles in Ordnung ist, Danny«, sagte Ed.

Danny blickte auf. Ed konnte es offenbar kaum erwarten, seine Gitarre und seinen Verstärker für die morgendliche Jamsession vorzubereiten. »Ja, danke«, sagte er und Ed ging hinüber zu seinem eigenen Equipment.

Die Vorbereitungen für den morgigen Tag waren in vollem Gange. Überall sah man Gitarren und Verstärker, Kabel und Mikrofone und die anwesenden Schüler unterhielten sich aufgeregt. Da kam Judge Jim Henson, der Leiter der Rockmusikabteilung, herein. Umgehend hörten alle auf mit dem, was sie gerade taten, und es wurde mucksmäuschenstill.

»Schön, dass ihr wieder da seid«, sagte er zur Begrüßung. »Freut mich, euch alle so eifrig beim Aufbauen zu sehen. Dort hinter dem Vorhang ist noch eine Steckdose«, sagte er zu Ed, der mit dem Stecker seines Verstärkers dastand und sich suchend umblickte. »Ich bin in meinem Büro, falls mich jemand braucht«, fügte er hinzu, bevor er sich durch den Raum schlängelte und durch die gegenüberliegende Tür verschwand.

Judge Jim war eine hoch angesehene Persönlichkeit. Er war der älteste Lehrer in Rockley Park und hatte früher zusammen mit vielen berühmten Rockstars gespielt. Er hatte graue Dreadlocks und dem Alter nach hätte er Dannys Großvater sein können, aber Rockmusik war sein Leben und er konnte seine Schüler motivieren wie kein anderer.

»Ein Glück, dass wir in der Unterstufe nur zwei Drummer haben«, meinte Chloe. »Für mehr als zwei Schlagzeuge hätten wir gar keinen Platz! Oh, schaut, da kommt Tara! Ich sag ihr schnell Hallo und sehe dann zu, dass ich euch aus dem Weg gehe.«

Danny winkte Chloes Zimmergenossin kurz zu und machte sich daran, sein Schlagzeug weiter aufzubauen. Er hatte es gebraucht gekauft und es war sicher nicht das beste Schlagzeug der Welt, doch es war sein ganzer Stolz. Zu Hause hatte er immer mit speziellen schalldämpfenden Pads spielen müssen, um die Nachbarn nicht zu stören. Deshalb freute er sich jetzt darauf, zu hören, was wirklich in seinem Instrument steckte. Natürlich hätte er sich gern längst bessere Beckenteller gekauft, aber die waren schrecklich teuer und er würde das Geld von Weihnachten und seinem nächsten Geburtstag zusammenlegen müssen, um sich das eine oder andere neue Becken leisten zu können. Im Moment hatte er nur seine neuen Drumsticks – echt gute, die ihm seine Mutter zu Weihnachten geschenkt hatte, und das war schon mal ein Anfang.

Danny schraubte die Fußmaschine an und platzierte die weiteren Trommeln rund um seinen Hocker. Seine Beckenteller lagen in einer alten Plastikkiste, geschützt zwischen einer zerschnittenen Decke, die er seiner Mutter abgebettelt hatte. Schnell baute er die Ständer dafür auf und befestigte sein Lieblingsbecken, das Crash-Becken, auf seinem Stativ. Er war gerade mit dem Ride-Becken beschäftigt, als die Tür erneut aufging. Charlie Owen stapfte ins Zimmer, beide Arme um ein großes Case geschlungen, in dem seine große Trommel war. Zwei kleinere Koffer standen darauf und von einer Hand baumelte zudem eine schwer aussehende Beckentellertasche.

»Charlie Owen ist wieder im Lande!«, verkündete er fröhlich, als er in den Raum marschierte.

»Achtung!«, riefen mehrere Schüler, als er herumschwenkte. Doch hinter seinem Kofferberg konnte Charlie fast nichts sehen und so donnerte er trotz Dannys erschrockenem Warnruf geradewegs gegen einen der bereits montierten Beckenteller.

Ein lautes Scheppern – und das Becken fiel herunter.

Im letzten Moment konnte Ben Peters, ebenfalls einer von Dannys Zimmergenossen, Charlie am Arm packen, sonst wäre er auch über Dannys restliches Drum-Kit gestolpert.

»Danke, Ben!« Charlie stellte seine Kisten und die Beckentellertasche direkt vor Dannys halb montiertem Schlagzeug ab. »Entschuldige«, sagte er zu Danny. Als er Dannys Schlagzeug erblickte, breitete sich ein überhebliches Grinsen auf seinem Gesicht aus und er pfiff leise durch die Zähne. »Gehört das alles *dir*?«, fragte er mit einer Handbewegung, die sowohl die Trommeln, die Becken als auch die Ansammlung von schäbigen Plastikkisten umfasste, aus denen Danny sie geholt hatte.

»Ja«, sagte Danny, steckte den Beckenteller wieder auf seinen Ständer und überprüfte ihn besorgt. Zum Glück schien er noch in Ordnung zu sein.

»Wow! Hast du den aus einem Weihnachtsknallbonbon?«, fragte Charlie, nahm einen von Dannys Ständern in die Hand und spielte damit herum.

»Nicht!«, rief Danny erschrocken. »Der Ständer ist sowieso schon etwas wackelig. Man muss ihn nur richtig montieren.«

»Dann tu das mal schön«, sagte Charlie und gab ihn zurück. »Du bräuchtest dringend ein paar ordentliche Ständer, so wie meine«, fügte er hinzu. »Mein Vater benutzt dieselben wie ich, wenn er mit seiner Band auf Tour geht. Sie sind Spitzenklasse! Hast du zufällig auch Zildjan-Becken?«, fragte er genüsslich.

Danny schüttelte den Kopf. »Nein«, musste er zugeben.

»Meine Eltern haben mir zu Weihnachten ein Set handgefertigte geschenkt«, fuhr Charlie im Plauderton fort.

»Und außerdem noch ein riesengroßes Ride-Becken. Mal ehrlich, Danny, ich frage mich, warum du dir überhaupt die Mühe gemacht hast, deinen alten Krempel mitzubringen. Wenn *ich* spiele, wird man dich sowieso garantiert nicht mehr hören!«

Danny sah zu, wie Charlie seine wertvollen Besitztümer auf die andere Seite des Raums trug und anfing, seine Trommeln aus ihren stabilen, schützenden Cases zu holen. Er versuchte tapfer, sich nichts daraus zu machen, doch Charlies Prahlerei hatte seine Freude über sein eigenes Schlagzeug irgendwie gedämpft. Seufzend betrachtete Danny seine eigenen billigen Beckenteller. Hoffentlich war es kein Fehler gewesen, das Schlagzeug mit ins Internat zu bringen.

Die Jamsession

Am nächsten Morgen hätte Danny zu gern schnurstracks das Rockmusikgebäude angesteuert, doch das ging nicht. Obwohl Rockley Park eine Schule für Leute war, die später Pop- oder Rockmusiker werden wollten, wurden hier auch die ganz normalen Fächer unterrichtet. Deshalb mussten Danny und seine Freunde zuerst Mathe, Französisch und Physik über sich ergehen lassen, bevor sie sich zur ersten Jamsession des neuen Jahres treffen durften.

Wenn die Schule begann, freuten sich alle immer ganz besonders auf Judge Jims Sessions. Endlich konnten die Schüler wieder zusammen spielen und Judge Jim notierte sich dann, welche Fortschritte jeder während der Ferien auf seinem Instrument gemacht hatte.

Dannys Klasse hatte im Herbst ihre erste Jamsession gemacht und da war es noch recht zögerlich zugegangen. Inzwischen kannten sie sich jedoch besser und wussten zudem, was von ihnen erwartet wurde, deshalb würde es sicher ein großer Spaß werden. Danny jedenfalls hatte sich die ganzen Ferien über auf diese Session gefreut.

»Ich habe Rim-Shots geübt«, erzählte er Ed. »Die sind echt schwierig.«

»Und ich habe in den Weihnachtsferien mit meinem neuen Multieffektgerät endlos verschiedene Gitarrensounds ausprobiert«, erwiderte Ed. »Meine Eltern sind fast wahnsinnig geworden!«

Als sie in den großen Übungsraum kamen, hatte Tara ihre Bassgitarre bereits angeschlossen und wärmte sich mit einigen einfachen Blues-Akkorden auf. Ed ging zu Ben, der seine Gitarre stimmte. Danny winkte ihm zu und schlüpfte hinter sein Schlagzeug. Er setzte sich und griff nach den Drumsticks, die er am Vorabend auf seine kleine Trommel, auch Snare-Drum genannt, gelegt hatte.

Voller Vorfreude ließ er seinen Blick durch den Raum schweifen. Obwohl Charlie hinter seinen superteuren Drums saß und ihn herablassend angrinste, war Danny überglücklich, dass er hier sein durfte, mitten unter anderen Musikern. Die meisten waren Gitarristen, doch es gab auch zwei Schüler, die Saxofon spielten, einen am Keyboard und natürlich Charlie und ihn am Schlagzeug.

Ed stöpselte seine Gitarre am Verstärker ein und legte los, wobei er eine Melodie spielte, die etwas höher lag als Taras Bass-Akkorde. Danny begann mit ein paar leisen Schlägen auf seinen Hi-Hat und Tara nickte anerkennend. Es war nicht leicht, Tara ein Lächeln abzuringen, doch Danny konnte sehen, dass sie Spaß hatte.

Der Nächste, der einfiel, war Charlie, doch statt wie die anderen eher verhalten anzufangen, schlug er in einem ganz anderen Rhythmus wie ein Verrückter auf sein Schlagzeug ein, sodass er alle restlos übertönte.

Danny hörte auf zu spielen und seufzte. Dieser Charlie war ein richtiger Angeber. Tara ließ ihre Gitarre sinken und kam mit finsterer Miene auf Danny zu.

»Das soll eine Jamsession werden, keine Charlie-Owen-Ein-Mann-Show!«, brüllte sie über den Lärm hinweg.

Ed und Ben drehten ihre Verstärker auf, wild entschlossen, es mit Charlie aufzunehmen, und auch Harry Richards blies in sein Saxofon, was das Zeug hielt. Doch zum Glück griff Judge Jim nun ein, indem er laut in die Hände klatschte. Nach und nach trat Stille ein und alle hörten ihm zu.

»Danke, danke an alle!«, rief Judge Jim, und weil Charlie als Letzter verstummt war, fügte er ein ironisches »Auch dir, Charlie« hinzu. Einige der Anwesenden lachten und Harry schlug seinem Freund Charlie auf den Rücken.

»Mir gefiel der Riff, den du gespielt hast, Ed«, fuhr Judge Jim fort. »Nehmen wir den mal alle auf und improvisieren damit … Mal sehen, wohin das führt.« Er nahm seine alte, verbeulte Gitarre zur Hand und nickte Ed zu, der vor Freude errötete und wieder die hohe, klagende Akkordfolge von vorhin spielte, während Judge Jim sie nachspielte und leicht variierte. Danny lächelte vor sich hin und begann wieder leise zu trommeln. Nach und nach machten alle mit und spielten ihre eigenen Improvisationen zu Eds Tonfolge. Danny warf einen Blick zu Charlie hinüber, der sich im Moment zurückhielt, sodass er nicht wieder aus dem Rahmen fiel. Sein Schlagzeug in dem roten Hochglanzfinish sah wirklich fantastisch aus und Danny musste zugeben, dass es auch großartig klang. *Egal,* sagte er sich. *Es kommt doch allein darauf an, wie gut jemand spielt.*

Der nächste Teil der Session war der nervenaufreibendste. Nachdem sie sich alle einigermaßen aufeinander eingestellt hatten, nickte Judge Jim jedem Spieler einzeln zu. Auf sein Nicken hin sollte jeder ein kurzes Solo improvisieren, wobei er den Rhythmus des Stücks natürlich beibehalten musste.

Ed kam als Erster dran, Harry als Zweiter. Als Nächstes nickte Judge Jim Danny zu, der den Rhythmus aufnahm, während alle anderen ihm zuhörten. Danny hatte insgeheim befürchtet, sein Schlagzeug würde nicht besonders gut klingen, doch nun war er angenehm überrascht von dem ausgezeichneten Klang seiner alten Trommeln. Es war eine gute Idee gewesen, zu sparen, wie er es getan hatte, und sie neu bespannen zu lassen. Er wollte unbedingt auch seine neu erlernten Rim-Shots zum Besten geben und schaffte drei, bevor Judge Jim ihm zufrieden zulächelte und dann Tara zunickte.

Als Nächster kam Charlie an die Reihe, der sich für seine Verhältnisse erstaunlich zurückhielt. Danny hörte ganz genau hin und musste einräumen, dass Charlies Becken wirklich sehr viel besser klangen als seine. Mit einer günstigen Trommelbespannung konnte man sich ganz gut behelfen, doch Dannys billige, maschinell gefertigte Becken würden selbst im besten Fall nie so gut klingen wie handgefertigte Instrumente. Ein Jammer, dass Charlie mit seiner Schlagweise nicht alles aus ihnen herausholte.

Nachdem jeder ein Solo gespielt hatte, übernahm Judge Jim mit seiner Gitarre die Führung und brachte die Session zu einem lauten, furiosen Abschluss.

»Wow, gut gemacht!«, rief Judge Jim. »Wie ich sehe, haben die meisten von euch während der Ferien fleißig geübt. Danny, können wir bitte noch ein paar deiner exzellenten Rim-Shots hören?«, fragte er.

Danny blickte überrascht auf. Dann holte er tief Luft, zielte sorgfältig auf seine Snare-Drum und schaffte einen perfekten Rim-Shot.

»Wie lange hast du dafür geübt?«

Danny zuckte mit den Schultern. »Oh, ziemlich lange«, gestand er.

Judge Jim nickte. »Es ist ganz schön schwierig, das Fell und den Spannring einer Trommel gleichzeitig zu treffen. Das schaffen nur Fortgeschrittene. Ich bin sehr beeindruckt und dein Schlagzeuglehrer wird es sicher auch sein.«

Danny wurde rot. Es war toll, gleich am ersten Schultag ein so dickes Lob zu hören.

Doch Judge Jim war noch nicht fertig. »Über mangelnde Lautstärke kann man sich bei unserem zweiten Schlagzeuger wahrlich nicht beklagen«, fuhr er an Charlie gerichtet fort. »Eine Jamsession ist allerdings nur dann gut, wenn jeder Einzelne genau hinhört, was die anderen spielen.«

Charlie grinste zwar, doch man sah ihm an, dass er bei Judge Jims Worten verlegen und wütend geworden war.

»Okay, Leute«, sagte Judge Jim zum Abschluss. »Zeit fürs Mittagessen. Ihr Gitarristen, vergesst nicht, die Stecker eurer Verstärker zu ziehen. Und werft bitte alle einen Blick aufs Schwarze Brett, wann euer Einzelunterricht stattfindet.«

In der Cafeteria traf Danny sich mit seinen übrigen Freunden. Fire, ein Tänzer und weiterer Zimmergenosse von Danny, hatte Plätze für die Rockmusiker frei gehalten, sodass Danny, Tara, Ed und Ben sich nur schnell ein Tablett holen und sich dann zu den anderen setzen konnten.

»Na, wie lief's?«, erkundigte sich Fire.

»Echt gut«, sagte Danny. »Hat irre Spaß gemacht.«

»Und außerdem hat Judge Jim ihn ausdrücklich gelobt«, verriet Tara. »Du Lehrerliebchen, Streber, Schmusetier von Judge Jim.«

»Hör nicht auf sie«, riet ihm Lolly, eine der berühmten Lowther-Zwillinge, die von Kindesbeinen an als Models gearbeitet hatten und in Rockley Park waren, um nun auch Popstars zu werden.

»Jeder weiß, wie hart du arbeitest«, ergänzte Pop, ihre Zwillingsschwester.

»Wenn ich das Schmusetier eines Lehrers wäre, was für ein Tier wäre ich dann wohl?«, fragte Fire und seine kupferroten Locken wippten auf und ab.

Danny beäugte seinen Freund mit einem breiten Grinsen. »Na, ein Yeti vermutlich!«

»Hey, das ist unfair!«, protestierte Fire und grinste zurück. »Ich tanze sehr viel besser als jeder Yeti.«

»Schokoladenpudding für alle?«, fragte Chloe und schob ihren Stuhl zurück.

»Warte, ich helfe dir«, bot Danny an.

An der Ausgabetheke stand Charlie mit seinem Freund Harry.

»Oh, da kommt Danny Musterknabe«, grinste Charlie höhnisch. »Der mit dem Schrottschlagzeug. Erzähl, was macht dein wackeliger Ständer?«

»Geht schon«, murmelte Danny, während er mehrere Schälchen mit Schokoladenpudding auf sein Tablett stellte.

»Hey, was sollte das denn?«, fragte Chloe, als sie auf dem Rückweg zu ihrem Tisch waren. »Was ist mit deinem Schlagzeug?«

»Ach, nichts«, antwortete Danny. »Es ist nur nicht so gut wie seines. Aber ich vermute, Charlie ist sauer, weil Judge Jim andeutete, dass er in den Ferien nicht genug geübt hat.«

»Tja, Pech für dich, dass du so toll bist«, stichelte Tara, während sie ein Schälchen von seinem Tablett nahm. »Du hast ihn bloßgestellt.«

»Ist das etwa meine Schuld?«, protestierte Danny. »Was kann ich dafür, wenn Charlie nicht übt?« Er nahm sich selbst ein Schälchen und schob das Tablett weiter zu Pop und Lolly.

Doch gerade als er sich über seinen Pudding hermachen wollte, murmelte Tara plötzlich: »Achtung, Charlie-Alarm!«

Und tatsächlich, Charlie und Harry kamen eindeutig in ihre Richtung. Sie schoben sich dicht hinter Dannys Stuhl vorbei und Charlie rempelte Danny an. Als Danny sich festhielt, um nicht vom Stuhl zu fallen, streute Charlie blitzschnell etwas auf Dannys Pudding.

»Hey!«, rief Fire. »Was soll denn das?«

»Nur eine Belohnung, weil er so toll ist«, erklärte Charlie mit einem breiten Grinsen, bevor er und Harry aus der Cafeteria gingen.

»Was ist das?«, fragte Chloe und spähte argwöhnisch auf Dannys Pudding. Fire tunkte seinen Löffel in Dannys Schälchen und probierte vorsichtig. Der Pudding war mit winzigen weißen Körnchen bedeckt.

»Achtung, es könnte giftig sein!«, sagte Pop warnend, doch Fire zögerte nur kurz.

»Ach was! So blöd ist nicht mal Charlie Owen«, versicherte er ihr, bevor er seine Zungenspitze in die Körnchen tunkte. »Iiiih! Salz!« Er verzog das Gesicht. »Wie gemein!«

»Schon gut«, sagte Danny und griff wieder nach seinem Schälchen. »Man kann das Zeug sicher herunterkratzen.«

Doch sein Nachtisch war definitiv ruiniert, und als Lolly ihm einen neuen Pudding holen wollte, musste sie feststellen, dass keiner mehr da war. Seine Freunde boten Danny alle einen Teil ihres eigenen Puddings an, doch Danny lehnte ab.

»Ich bin sowieso satt«, sagte er betont heiter, obwohl er insgeheim eine Stinkwut auf Charlie hatte. Danny hatte noch nie einen Feind gehabt. Nun hatte er es sich allerdings offenbar mit Charlie Owen verdorben, dabei war er sich keiner Schuld bewusst.

»Er wird sich schon wieder beruhigen«, meinte er optimistisch zu Fire, als sie zum Geschichtsunterricht gingen. »Charlie und ich waren zwar nie besonders dicke Freunde, aber wir sind letztes Jahr ganz gut miteinander ausgekommen. Irgendwann wird er merken, dass es mehr Spaß macht, sich mit dem einzigen anderen Schlagzeuger in der Unterstufe zu vertragen, als mit ihm zerstritten zu sein. Denk nur daran, wie Ed mit seinen Kumpels stundenlang über Gitarren redet und du mit deinen Tanzkumpels übers Tanzen. Wenn Charlie und ich dagegen übers Drummen reden wollen, haben wir keine so große Auswahl an Gesprächspartnern.«

»Na ja, wenn er sich weiterhin so bescheuert aufführt, wechselst du eben in meine Tanzgruppe und unterhältst dich mit uns«, feixte Fire.

»Nie im Leben!«, erklärte Danny lachend. »Nein, ich denke, das wird schon wieder in Ordnung kommen. Die Lust, mich zu ärgern, wird Charlie sicher bald vergehen. Dafür prahlt er viel zu gern mit seinem wunderbaren, teuren Schlagzeug. Und das kann er mir gegenüber nicht tun, wenn er weiterhin so fies zu mir ist, stimmt's?«

Drummer gesucht

Während der nächsten Tage ließ Charlie Danny in Ruhe. Alle waren damit beschäftigt, sich wieder an den Schulalltag zu gewöhnen, und bald schon kam es ihnen vor, als wären sie nie weg gewesen.

Bei ihrer morgendlichen Ansprache erinnerte die Rektorin, Mrs Sharkey, sie daran, dass sich jeder allmählich darüber Gedanken machen sollte, was er oder sie beim ersten Konzert dieses Jahres, das in der Mitte des zweiten Trimesters stattfinden würde, vortragen wollte.

»Ich weiß, dass ihr im Moment denkt, bis dahin sei ja noch viel Zeit«, sagte sie. »Aber der Termin rückt schneller näher, als ihr glaubt. Ihr wisst, dass euer Auftritt benotet wird, deshalb müsst ihr ihn gut planen.«

Als Danny sich nach der Ansprache mit seinen Klassenkameraden zur ersten Stunde aufmachte, kämpfte sich Rosie Masters durch die Menge zu ihm durch.

»Danny! Wartest du bitte kurz?«

Danny blieb stehen. Rosie war einige Klassen über ihm und er wusste, dass sie eine sehr gute Pianistin war. Allerdings hatte er noch nie mit ihr gesprochen.

»Ich wollte dich fragen, ob du nicht Lust hättest, mit mir zusammen aufzutreten. Es geht um ein Stück, das ich mit den Tänzern der Unterstufe einübe«, sagte sie. »Für das nächste Konzert.«

Danny sah sie überrascht an. »Im Ernst? Warum ich?« Rosie war keine Rockmusikerin und deshalb konnte Danny sich nicht vorstellen, wie sie auf ihn gekommen war.

»Mr Penardos, der Tanzlehrer, will ein von mir komponiertes Stück aufführen. Es heißt *Rifle-Shot* – Gewehrschuss«, erklärte Rosie ihm. »Aber dafür brauche ich ein Schlagzeug und Judge Jim meinte, ich solle mich an dich wenden, weil du so tolle Rim-Shots spielst.«

»Das stimmt!«, platzte Fire heraus. »Wir führen tatsächlich einen Tanz namens *Rifle-Shot* auf. Ein echt trauriges Stück. Ich bin ein afrikanischer Kindersoldat, der am Ende stirbt. Auf, Danny! Sag Ja. Ich fände es cool, wenn du dabei wärst.«

»Ähm … ja. Natürlich!« Danny fühlte sich sehr geschmeichelt. Auch wenn es nicht um Rockmusik ging, so war es doch sicher interessant, den Tanz von Fires Gruppe zu begleiten, und es war ein Riesenkompliment, dass Rosie sich an ihn gewandt hatte. Wie cool, dass Judge Jim ihn empfohlen hatte!

Doch Charlie Owen sah die Sache offenbar etwas anders. »Du Jammerlappen«, feixte er, sobald Rosie weg war. »Mehr hast du für das Konzert nicht zu bieten? Mit Rosielein zusammen kleine Tänzer begleiten? Und du willst ein Rock-Drummer sein? Dass ich nicht lache!«

»Wir dürfen bei dem Konzert mit mehr als einem Stück auftreten«, entgegnete Danny. »Und deshalb werde ich auch ein Solo spielen.«

»Solo klingt gut«, erwiderte Charlie lachend. »Denn kein Rocker, der etwas auf sich hält, wird jemals wieder mit dir spielen wollen, nachdem er dich mit Rosie auf der Bühne gesehen hat. Sie ist so was von *uncool.*« Er wandte sich an Tara. »Hey, Tara, hast du Lust, mit deiner Bassgitarre zusammen mit Harry und mir beim Konzert aufzutreten?«

Tara rümpfte die Nase. »Nein, danke«, entgegnete sie schnippisch. »Ed und ich wollten dich fragen, Danny. Du spielst doch mit uns, oder? Ich denke, Ben wird die Leadgitarre spielen und Ed die Rhythmusgitarre.«

Danny zögerte. Insgeheim war er davon ausgegangen, bei dem Konzert mit Ed, Ben und Tara als Band aufzutreten, da sie gut zusammenspielten. Doch wenn Charlie nun mit Tara auftreten wollte, wäre es fies von Danny, Tara in Beschlag zu nehmen. Schließlich hatte er Rosie gerade zugesagt und außerdem wollte er ja auch noch ein Solo spielen.

»Ähm ... weißt du, das täte ich echt gern, aber warum spielst du zur Abwechslung nicht mal mit Charlie?«, schlug Danny deshalb vor. »Du kannst ja einen Song mit ihm und einen mit mir spielen!«, fügte er hinzu und hielt seinen Vorschlag im ersten Moment für eine gute Idee.

Doch Tara schüttelte energisch den Kopf. »Ich habe auch ein Solo geplant«, erklärte sie ihm. »Und mit drei Stücken will ich nicht auftreten. Vielleicht schaffst du das, Danny, aber mich würde es überfordern. Lieber trage ich zwei Stücke wirklich gut vor als drei mit Patzern. Hey, sei kein Frosch! Sag, dass du mit uns spielst!«

»Und was ist mit Charlie?«, fragte Danny besorgt.

Charlie funkelte ihn an und wurde feuerrot vor Zorn. »Auf deine Fürsprache kann ich echt verzichten, Danny James!«, fauchte er. »Ich bin durchaus in der Lage, meine eigenen Bandmitglieder zu finden, besten Dank auch!« Hochmütig ließ er seinen Blick über Tara wandern. »Dein Pech, Tara!«, sagte er, bevor er sich unsanft an ihr vorbeischob.

Tara schnaubte. »Oh, das tut mir aber leid!«, rief sie ihm höhnisch nach. Sie wandte sich wieder an Danny. »Als ob ich Wert darauf legen würde, mit Charlie und Harry zu spielen! Ich spiele lieber mit guten Musikern als mit eingebildeten Schnöseln. Warum wolltest du mich an ihn abschieben? Hast du keine Lust, mit mir in einer Band zu spielen?«

Danny runzelte die Stirn. »Quatsch, darum geht es doch gar nicht«, protestierte er. »Es ist nur so, dass Charlie ziemlich sauer aussah, als du ihm einen Korb gegeben hast. Und außerdem habe ich schon Rosie versprochen, sie zu begleiten. Es schien mir unfair, mit euch beiden aufzutreten.«

»Wenn Charlie ein besserer Drummer wäre, würde

er auch mehr Angebote bekommen«, gab Tara zurück. »Aber ich denke, er ist einfach zu faul zum Üben.«

»Er ist ein guter Drummer«, erklärte Danny. »Zumindest dann, wenn er aufhört, herumzuprahlen, und sich richtig ins Zeug legt.«

»Mal ehrlich, du hast mir nicht vorzuschreiben, mit wem ich spielen soll, und Charlie erst recht nicht!«, fauchte Tara. Sie drehte sich wieder zu den Zwillingen um und Danny stöhnte.

»Heute kann ich es anscheinend niemandem recht machen«, sagte er zu Fire.

»Ach, du kennst unsere Tara doch«, antwortete Fire unbekümmert. »Sie ist zwar oft mies drauf, aber nachtragend ist sie nicht. Sie hat dir sicher bald verziehen.«

»Aber was ist mit Charlie?«, fragte Danny. »Ich habe ihn schon wieder vor den Kopf gestoßen, obwohl ich ihm eigentlich einen Gefallen tun wollte.«

Fire zuckte mit den Schultern. »Es ist nicht deine Schuld«, sagte er. »Aber ich an deiner Stelle würde ihm in nächster Zeit lieber aus dem Weg gehen.«

Neid

Es war nicht leicht für Danny, Charlie aus dem Weg zu gehen. Schließlich waren sie im selben Jahrgang und hatten alle normalen Unterrichtsstunden zusammen. Charlie schien tatsächlich weiterhin sauer auf ihn zu sein, und obwohl Danny nach außen hin so tat, als würden ihm Charlies Gemeinheiten nichts ausmachen, wurde er zunehmend frustrierter.

»Du musst etwas tun!«, sagte Chloe zu Danny, nachdem Charlie ihn im Korridor hatte stolpern lassen und ihn in der Cafeteria am Arm gestoßen hatte, sodass Danny seine heiße Schokolade über seine Jeans geschüttet hatte.

»Er wird schon irgendwann damit aufhören«, entgegnete Danny hoffnungsvoll. »Wenn ich mir nicht anmerken lasse, dass ich mich ärgere, gibt er sicher bald auf.«

Doch Charlie hörte nicht auf. Und was noch schlimmer war: Sein bester Freund begann ebenfalls, Danny das Leben schwer zu machen. Und mit Charlies Freund war nicht zu scherzen: Harry Richards war einen Kopf größer als Danny und zudem recht stämmig. Als er und Charlie Danny versehentlich-absichtlich anrempelten, krachte Danny gegen die Wand und holte sich einen dicken blauen Fleck an der Schulter. An diesem Abend dauerte es ziemlich lange, bis Danny eine bequeme Schlafstellung gefunden hatte.

Immerhin kann ich noch trommeln, auch wenn es wehtut, sagte er sich, als er sich vorsichtig im Bett umdrehte.

Eine lädierte Schulter würde wieder heilen und Danny war niemand, der Dinge an die große Glocke hängte. Doch egal, wie oft er im Laufe der nächsten Tage auch hoffte, Charlie hätte es bald satt, ihn durch die Gegend zu schubsen – er wurde immer wieder enttäuscht.

»So, so, wohin des Wegs?«, fragte Charlie, als er am nächsten Morgen im Korridor auf Danny stieß.

Danny rutschte das Herz in die Hose. Fire und die anderen hatten sich nach dem Sport schneller umgezogen als er und deshalb war er ganz allein unterwegs. Im Korridor wimmelte es in den Pausen normalerweise von Schülern, doch im Moment war zu Dannys Leidwesen keine Menschenseele in der Nähe. Rasch setzte er eine – wie er hoffte – selbstsichere Miene auf.

»Na, zum Geschichtsunterricht wie du«, antwortete er freundlich.

»Nö, *ich* muss Geschichte sausen lassen. Hab meine Schlagzeugstunde«, erklärte Charlie.

Danny versuchte, an ihm vorbeizukommen, doch Charlie versperrte ihm den Weg. Es war nicht zu übersehen, dass er Ärger suchte.

»Die brauchst du in Geschichte allerdings nicht, oder?«, sagte er. Und noch ehe Danny reagieren konnte, machte Charlie einen Satz und schnappte sich die Drumsticks, die ein Stück weit aus Dannys Schultasche geragt hatten. »Hübsch«, urteilte er und beäugte die Stöcke anerkennend. »Kann ich mir die mal ausleihen?«

Danny zögerte. Charlie musste sich wahrlich keine Drumsticks von ihm ausleihen. Er hatte jede Menge Stöcke und massenhaft Geld, um sich noch weitere zu kaufen. In Dannys Familie dagegen war das Geld eher knapp und es waren die einzigen vernünftigen Drumsticks, die er hatte.

Charlie grinste süffisant. Und er schien auch keine Antwort von Danny zu erwarten.

»Ich probiere sie nur mal kurz aus«, erklärte er und sein Grinsen wurde noch breiter.

Danny versuchte, nicht zusammenzuzucken, als Charlie die Stöcke heftig gegen die Wand schlug. Doch sie waren aus Eichenholz und brachen nicht entzwei.

»Du meine Güte!«, sagte Charlie und strahlte Danny an. »Ist der hier etwa angeknackst?«, wandte er sich an Harry Richard, der zufällig vorbeikam und sich zu ihnen gesellte.

»Tja, ich fürchte, er sieht tatsächlich leicht beschädigt aus«, stimmte Harry, ganz der gute Kumpel, zu.

»Komm, Charlie. Hör auf, mich zu nerven, und gib sie

mir zurück!«, sagte Danny und versuchte dabei, ganz ruhig zu bleiben. Wenn er sich anmerken ließe, dass er Angst um seine Stöcke hatte, würde Charlie es nur noch wilder treiben. Doch Charlie war ohnehin nicht mehr zu bremsen. Und nun bekam Danny es mit der Angst zu tun. »Nicht!«, schrie er.

Aber es nützte nichts. Charlie bückte sich und lehnte den Stick gegen die Wand. Danny wollte ihn aufheben, doch Harry hielt Danny fest. Charlies schwerer Schuh donnerte mehrmals mit voller Wucht gegen den Stock, bis Danny schließlich ein Knacken hörte.

»So ein Jammer aber auch!«, sagte Charlie. »Trotzdem, mit einem allein kann man auch nichts anfangen, stimmt's?«

Da Harry ihn weiter festhielt, konnte Danny nichts dagegen tun und selbst die besten Trommelstöcke der Welt hätten Charlies heftigen Fußtritten nicht standgehalten. Nachdem Charlie beide Stöcke zerschmettert hatte, drehten er und Harry sich um und marschierten den Korridor hinunter, als könnten sie kein Wässerchen trüben.

Als Danny ins Klassenzimmer kam, sahen seine Freunde sofort, dass etwas nicht stimmte.

»Was ist los?«, fragte Fire. »Ich dachte, du würdest gleich nachkommen, aber du hast ja eine Ewigkeit gebraucht.«

Statt einer Antwort zog Danny ein Bruchstück seiner Drumsticks aus der Tasche und legte es auf den Tisch. Ungläubig riss Fire die Augen auf. »Das ist doch nicht etwa einer deiner neuen Trommelstöcke, oder?«

Chloe nahm das zersplitterte Stück Holz in die Hand. »Was ist passiert?«, fragte sie.

Danny holte die übrigen Teile aus seiner Tasche. Er schäumte vor Wut. »Meine brandneuen Sticks! Japanische Eiche. Sie halten angeblich ewig. Meine Mutter hat sie mir zu Weihnachten geschenkt, doch sie kann es sich nicht leisten, mir ständig neue Sachen zu kaufen.« Kopfschüttelnd nahm er die beiden Hälften des einen Stocks in die Hände und betrachtete sie voller Verzweiflung. »Charlie und Harry haben mir auf dem Weg hierher aufgelauert. Ich konnte nichts gegen sie ausrichten.«

»Jetzt reicht's aber!«, schimpfte Chloe. »Du musst es einem der Lehrer sagen. So kann es nicht weitergehen. Charlie macht dir seit Tagen das Leben zur Hölle und jetzt macht er mit Harry auch noch deine Sachen kaputt. Das muss aufhören!«

»Chloe hat recht«, stimmte Fire zu. »Auch wenn Charlie neidisch auf dich ist – so gemein darf er nicht sein! Geh ins Lehrerzimmer und sprich mit jemandem! Jetzt sofort! Ich komme mit, wenn du willst.«

»Und was soll ich sagen?«, fragte Danny verbittert. »Entschuldigen Sie, Sir, aber zwei böse Jungs haben meine Drumsticks kaputt gemacht?«

»Warum nicht?«, sagte Chloe. »Sie *sind* böse und sie *haben* deine Stöcke kaputt gemacht.«

Danny lächelte sie halbherzig an. »Charlie wird nicht aufhören mit seinen üblen Scherzen, nur weil er ein- oder zweimal verwarnt wird«, sagte er.

»Danny hat recht«, mischte sich nun auch Ed ein, der bisher geschwiegen hatte. »Charlie weiß nie, wann es Zeit ist, aufzuhören, egal, ob er in der Klasse herumalbert oder ob er alle anderen mit seinem Schlagzeug übertönt. Aber einige hier finden ihn toll, nur weil sein Vater in einer erfolgreichen Band spielt und von seinen Tourneen allen möglichen Promotion-Kram mitbringt. Wenn Danny sich bei den Lehrern über Charlie beschwert, macht er die Sache nur schlimmer statt besser.«

»Das Ganze ist total verrückt«, erklärte Chloe. »Er hat sich über dich lustig gemacht, weil Rosie *dich* gefragt hat, und gleichzeitig platzt er fast vor Neid, weil sie nicht *ihn* gefragt hat.«

»Es tut gut, wenn man gefragt wird«, erklärte Ed ihr. »Und Danny wurde von Judge Jim empfohlen. Ich denke, darauf ist Charlie am meisten neidisch. Und dass Tara ihn direkt anschließend abblitzen ließ, hat Charlie vermutlich den Rest gegeben.«

»Aha, jetzt soll *ich* schuld sein?«, maulte Tara, lehnte sich vor und spielte mit den zerbrochenen Stöcken herum. »Oh nein! Schuld bist allein *du*, Danny. Wenn du nicht so gut wärst, hätte ich Charlie keinen Korb gegeben.« Tara hatte wirklich ein Talent dafür, ein Kompliment so zu formulieren, dass es wie eine Beleidigung klang.

»Was machst du jetzt wegen der Trommelstöcke?«, erkundigte sich Fire.

»Ich hab ja noch meine alten«, seufzte Danny. »Sie sind zwar schon etwas angeschlagen, dürften aber noch eine Weile halten.« Er schluckte. »Tja, und wenn *sie* kaputtgehen, bleibt mir nichts anderes übrig, als meinen Schlagzeuglehrer zu bitten, mir neue zu bestellen und die Rechnung an meine Mutter zu schicken«, fügte er betrübt hinzu.

»Ich finde nicht, dass wir Charlie sein schäbiges Verhalten durchgehen lassen sollten«, murrte Chloe. »Aber wenn du es wirklich nicht melden willst, müssen wir eben in nächster Zeit auf dich aufpassen, damit Charlie dich nicht noch mehr schikanieren kann.«

»Gute Idee«, stimmte Fire ihr zu. »Wir sind ab sofort deine Bodyguards und werden nicht von deiner Seite weichen. Charlie *muss* dich einfach in Ruhe lassen, wenn wir nur noch im Rudel auftreten!«

Danny beschützen

Für den Rest des Tages folgten Fire, Ed und Ben Danny überallhin. Es war in Ordnung, während des Unterrichts Bodyguards zu haben. Schließlich steckten sie ohnehin fast den ganzen Tag zusammen. Doch nachdem sie ihn ein paarmal aufs Klo begleitet hatten und dann in sein Zimmer, um die alten Drumsticks zu holen, fühlte sich Danny allmählich etwas eingeengt.

Er hatte für die Zeit nach dem Abendessen einen Proberaum reserviert, doch als sie sich alle dort hineingezwängt hatten, begriff Danny, dass er ein Machtwort sprechen musste. »Hey, Leute«, sagte er, »es ist nicht so, dass ich euren Beistand nicht zu schätzen wüsste«, begann er verlegen. »Aber ich glaube nicht, dass ich mich aufs Spielen konzentrieren kann, wenn ihr alle hier seid.«

»Ich weiß, was du meinst«, sagte Ed. »Mir geht es mit meiner Gitarre ähnlich. Ich finde es schrecklich, wenn mir jemand zuhört, während ich ein neues Stück einübe.«

»Na schön, dann warten wir draußen vor der Tür«, schlug Fire vor. »Für alle Fälle ...«

»Um diese Tageszeit ist Charlie sowieso immer im Fernsehraum«, erinnerte Ed die anderen.

»Das stimmt«, sagte Danny. »Also macht euch keine Sorgen, hier bin ich in Sicherheit. Ich glaube nicht, dass heute Abend noch jemand anders diesen Raum reserviert hat, deshalb werde ich vermutlich ziemlich lange hier sein.«

»Wir können ja später noch mal vorbeischauen, um zu sehen, ob alles in Ordnung ist«, schlug Fire vor.

»Gute Idee, danke.«

Sobald Danny allein war, überprüfte er sein Instrument und begann dann ein neues Stück einzuüben. Nach einigen Wiederholungen probte er erneut seine Rim-Shots.

Rim-Shots waren keine einfache Sache. Man musste eine ganz bestimmte Anschlagtechnik beherrschen und den Stock im genau richtigen Winkel halten, um mit der Stockspitze das Fell der kleinen Trommel und gleichzeitig mit dem Schaft des Stocks den Spannring anzuschlagen. Und obwohl Danny sie inzwischen ganz gut beherrschte, übte er weiter, denn er wollte die Tanzgruppe auf keinen Fall enttäuschen. Alles hing vom richtigen Timing und dem akkuraten Auftreffen des Stocks ab, wenn diese Rim-Shots wie Gewehrschüsse klingen sollten, die während des Tanzes im genau richtigen Moment erklangen.

Irgendwann während des Probens ließ ihn etwas aufblicken. Was war da hinter dem kleinen runden Fenster in der Tür des schalldichten Raums gewesen? Doch nicht Charlies grinsendes Gesicht? Danny bekam eine Gänsehaut. Dieser Charlie machte ihm wirklich zu schaffen. Und als ob es noch nicht schlimm genug wäre, ständig von ihm schikaniert zu werden, hatte er nun auch noch *Wahnvorstellungen* und glaubte, ihn zu sehen! Erste Zweifel beschlichen Danny und er fragte sich, ob es wirklich eine gute Idee gewesen war, seine Freunde wegzuschicken.

Danny war so verunsichert, dass er überlegte, das Proben für heute aufzugeben und zu seiner Clique zu gehen. Doch es war nicht seine Art, seinen Ängsten nachzugeben, und damit wollte er jetzt auch nicht anfangen. *Sei kein Waschlappen*, sagte er sich. *Du wolltest doch noch diese CD einlegen und dazu spielen. Lass dir von diesem doofen Charlie nicht den Spaß am Spielen verderben!*

Danny hatte hart geprobt und deshalb wollte er sich nun noch etwas Entspannung gönnen. Er ignorierte seine Ängste, langte in seine Tasche und holte die CD einer seiner Lieblingsbands heraus. Er legte sie ein und drehte die Lautstärke voll auf.

Die Stöcke schlagbereit erhoben, wartete er, bis die letzten Akkorde des ersten Songs verklungen waren. Dann kam sein absoluter Lieblingssong. Während der nächsten Minuten *war* Danny James der phänomenal gute Drummer dieser Band. Er sah sich im Geiste auf der Bühne, mit einem wilden Bandana um den Kopf und schrillen Tattoos an den Armen.

Das Tempo war unglaublich. Danny stolperte über einige der Verzierungen – sogenannte Fills – und geriet mehrmals aus dem Takt, doch gegen Ende des Songs ging es dann. Diese Drum-Technik war für ihn in greifbare Nähe gerückt. Er musste nur noch etwas schneller werden. Noch einmal ließ er den Song laufen. Schon besser. Dann spielte er das Intro des nächsten Songs mit.

Danny war so in die Musik vertieft, dass er Charlie Owen ganz vergaß. Auch die Zeit spielte keine Rolle mehr und er trommelte die ganze CD mit. Als sie schließlich zu Ende war, war Danny völlig verschwitzt und erschöpft, doch sehr mit sich zufrieden. Es würde zwar noch einige Zeit dauern, bis er so gut war wie sein Lieblings-Drummer, doch hin und wieder hatte er gespürt, wie es sich anfühlte, wenn man das Stück perfekt beherrschte.

Er lehnte sich zurück und bog den Rücken durch. Seine lädierte Schulter hatte er während des Spielens ganz vergessen, aber nun machte sie sich wieder bemerkbar. Er sollte nachher unbedingt noch ein heißes Bad nehmen, um seine Muskulatur zu entspannen.

Danny betrachtete seine Hände. Oh, er würde eine Blase bekommen und er hatte eine kleine Furche an der Stelle, wo das Crash-Becken seinen kleinen Finger erwischt hatte. Wenn er geahnt hätte, dass er die ganze CD durchtrommeln würde, hätte er seine Handschuhe mitgebracht. Aber egal. Es war die Sache wert gewesen. Er hatte eine tolle Session hinter sich.

Es musste schon ganz schön spät sein. Ein Blick auf die Wanduhr sagte ihm, dass es bereits Schlafenszeit war. Also keine Zeit mehr für ein entspannendes Bad! Er musste sich beeilen, ins Jungen-Wohnhaus zu kommen, sonst bekäme er Ärger. Rasch steckte er die CD wieder ein und verstaute die Drumsticks in den Tiefen seiner Schultasche. Charlie war um diese Zeit sicher schon in seinem Zimmer und stellte keine Gefahr dar, aber Danny wollte kein Risiko eingehen. Diese Stöcke waren zwar alt und ziemlich ramponiert, doch sie waren sein letztes Paar. Charlie durfte sie nicht in die Finger bekommen. Von jetzt an würde er seine kostbaren Drumsticks immer mit sich herumtragen, aber natürlich gut versteckt.

Danny hängte sich seine Tasche über die Schulter und ging zur Tür. Er drückte auf die Türklinke, doch die Tür blieb zu. Herrje, was war jetzt los? Alle Türen der Proberäume waren selbstschließend, aber *so* stark waren die Federn auch nicht. Er drückte noch einmal auf die Klinke. Sie ließ sich zwar ein Stück herunterdrücken, doch die Tür blieb zu. Klemmte sie irgendwie? Danny warf sich gegen die Tür, aber sie gab keinen Millimeter nach.

»Das ist ja lächerlich!«, murmelte er. »Was ist los mit der dummen Tür?« Er versuchte es wieder und wieder, die Tür weigerte sich jedoch standhaft, auch nur das kleinste bisschen nachzugeben. Danny spähte durch das runde Sichtfenster, aber leider war kein Mensch in der Nähe. Zum Glück kam plötzlich ein wesentlich älterer Schüler aus einem der anderen Proberäume ein Stück den Korridor hinunter.

»Hey!«, brüllte Danny, als ihm der Junge den Rücken

zukehrte. »Hey, Hilfe! Ich bin eingesperrt!« Er hämmerte mit den Fäusten gegen die Tür, doch der andere Junge konnte ihn natürlich nicht hören, da es ein schalldichter Raum war. Danny stöhnte auf. Wo waren seine Freunde? Sie wollten doch irgendwann nach ihm schauen! Warum waren sie nicht aufgetaucht? Was war schiefgelaufen? Jetzt, um diese Zeit, würden sie garantiert nicht mehr aus dem Wohnhaus herüberkommen können.

Ich könnte ja noch eine Weile trommeln, bis jemand kommt, überlegte er sich. Aber zum ersten Mal in seinem Leben verspürte Danny keine Lust, sich ans Schlagzeug zu setzen. Es war kein schönes Gefühl, eingesperrt zu sein. Ihm war richtig unwohl in seiner Haut. Was wäre, wenn aus irgendwelchen Gründen niemand merkte, dass er verschwunden war? Und wenn er die Nacht hier verbringen müsste? Es war ein schalldichter Raum. Kam überhaupt frische Luft herein? Wenn nicht – wie lange würde die Luft hier ausreichen? Er hatte während des Spielens sicher schon eine Menge Sauerstoff verbraucht …

Danny holte den Hocker und stellte ihn vor die Tür. Auf diese Weise konnte er immer wieder hinausschauen, um zu sehen, ob jemand vorbeikam. Obwohl er ewig wartete, ließ sich niemand blicken. Nicht mehr lange, dann mussten auch die älteren Schüler ins Bett gehen!

Es gab keine Möglichkeit, hier herauszukommen oder um Hilfe zu rufen. Natürlich war es nicht sinnvoll, in seiner Situation an das Schlimmste zu denken, aber was konnte er zum Beispiel tun, wenn zufällig ein Feuer ausbrach?

Unerwartete Hilfe

Danny hatte beinahe schon die Hoffnung aufgegeben, in dieser Nacht noch aus dem Proberaum herauszukommen, als auf einmal eine Gestalt im Korridor auftauchte, die eindeutig in seine Richtung kam. Danny winkte hektisch, doch die Gestalt war noch zu weit weg, um ihn hinter dem kleinen Fenster zu sehen. Danny wartete ängstlich.

»Bitte, lass ihn bis hierher kommen«, murmelte er.

Es war Dave Fallon, der Hausmeister der Rockley Park Schule. War er geschickt worden, um Danny herauszuholen? Mr Fallon war als Hausmeister für vieles zuständig, angefangen vom Rasenmähen bis zum Reinigen verstopfter Abflüsse. Im Moment jedenfalls kam er zielstrebig auf Dannys Proberaum zu. Danny winkte, brüllte und hämmerte an die Tür, bis Mr Fallon auf ihn aufmerksam wurde. Er war sichtlich überrascht, als er sah, dass noch ein Schüler hier war. Rasch kam er näher und versuchte, die Türklinke zu drücken.

Danny konnte nicht sehen, was Mr Fallon dann tat. Doch es schien ewig zu dauern, das zu beseitigen, was die Tür blockiert hatte. Erst nach einer Weile richtete Mr Fallon sich wieder auf und auf einmal war die Tür offen und Danny war frei!

»Vielen Dank!«, sagte er erleichtert. »Die Tür klemmte und da hab ich …«

Dave Fallon machte ein finsteres Gesicht. »Wer hat das gemacht?«, fragte er und hielt anklagend ein langes Stromkabel hoch. »Was war hier los?«

»Keine Ahnung«, erwiderte Danny wahrheitsgetreu.

»Nun, irgendein Idiot hat dich absichtlich eingeschlossen. Dieses Kabel hier war mehrmals um die Türklinke gewickelt und dann an dem Haken in der Wand dort festgemacht. Knoten an Knoten. Sah aus wie der armselige Versuch, damit zu *stricken*! Einer deiner Kumpels, der sich einen kleinen Spaß erlaubt hat, stimmt's?«

Danny zuckte mit den Schultern, doch innerlich kochte er vor Wut. Eine solche Gemeinheit sah Charlie wieder einmal ähnlich! Es war keine Einbildung gewesen, als er vorhin geglaubt hatte, Charlie hinter der Tür zu sehen. Charlie hatte tatsächlich mit einem hämischen Grinsen durch das runde Fensterchen geschaut!

»Ich drehe den Haken gleich aus der Wand«, fuhr Mr Fallon fort. »Für alle Fälle! Er hat ohnehin keine Funktion und ich möchte nicht, dass sich dieser Vorfall wiederholt.« Kopfschüttelnd musterte er Danny. »Ihr seid mir vielleicht ein Haufen Lausebengel! Ich weiß nicht … Verflixte Kinder!« Er legte die CD weg, die er in der Hand gehalten hatte, und zog einen Schraubenzieher aus der Tasche. »Mist! Die Schrauben sind übermalt.«

Dannys Tasche lag noch im Proberaum und er wollte sie nicht dort lassen, aber im Moment kam er nicht an dem sich abmühenden Hausmeister vorbei.

»Schon besser!« Mr Fallon richtete sich auf und steckte den Schraubenzieher und den schuldigen Haken in seine Tasche, während Danny die Gelegenheit nutzte, seine Schultasche zu holen. »Du verschwindest jetzt besser. Und zwar dalli!«, sagte der Hausmeister. »Müsstest du um diese Zeit nicht längst im Bett liegen?«

Zu Dannys Verblüffung verschwand Mr Fallon im Proberaum und machte resolut die Tür hinter sich zu.

Ich dachte, er sei geschickt worden, um mich zu befreien, aber das stimmt gar nicht, überlegte Danny, als er durch den Korridor eilte. *Mr Fallon wollte sowieso in den Proberaum. Er hatte eine Elvis-Presley-CD dabei. Komisch …* Doch im Moment hatte er wahrlich keine Zeit, über den Hausmeister nachzugrübeln. Er musste so schnell wie möglich in sein Zimmer und hoffen, dass er Mr South, dem für das Jungen-Wohnhaus zuständigen Lehrer, nicht in die Arme lief.

Er hatte Glück. Mittlerweile war Bettzeit für die älteren Schüler im Junior-Haus und Mr South war damit beschäftigt, sich um sie zu kümmern, bevor er zu den Jüngeren zurückkäme, um sich zu vergewissern, dass alle Lichter aus waren.

Danny rannte durch den Flur und ins Bad. Zum Waschen hatte er keine Zeit, er putzte sich nur rasch die Zähne.

Fire, Ed und Ben erwarteten ihn mit besorgten Mienen in ihrem Zimmer.

»Dem Himmel sei Dank!«, rief Fire und setzte sich in seinem Bett auf. »Alles in Ordnung mit dir?«

»Charlie hat die Türklinke irgendwie fixiert und ich kam nicht mehr heraus«, erklärte Danny seinen Zimmergenossen in aller Eile, während er in seinen Pyjama schlüpfte und dann ins Bett fiel. »Was war mit euch? Ich dachte, ihr wolltet wiederkommen, um nach mir zu schauen!«

»Wir haben Billard gespielt und total die Zeit vergessen«, gestand Fire kleinlaut. »Als wir merkten, dass du noch nicht auf dem Zimmer warst, wollten wir natürlich nach dir schauen. Aber da kam Mr South und sagte, es sei schon zu spät, um noch einmal rüber in die Schule zu gehen.«

»Fire hat wenig später trotzdem versucht, sich aus dem Zimmer zu schleichen, doch leider lief er dabei dem alten Southy direkt in die Arme, der ihn umgehend ins Bett zurückbeordert hat«, erklärte Ed. »Charlie war auch ständig in der Nähe und deshalb dachten wir, du hättest einfach die Zeit vergessen. Wir wollten Mr South nachher, bei seinem letzten Rundgang, Bescheid sagen.«

»Na, ich nehme an, Charlie liegt längst brav im Bett«, erklärte Danny wütend. »Aber ich denke, ich geh noch mal kurz zu ihm und knöpfe ihn mir vor.«

Und ohne auf die Reaktion der anderen zu warten,

sprang Danny aus dem Bett und stürmte zur Tür hinaus. Er rannte zu dem Zimmer, das Charlie mit Harry und zwei anderen Jungen teilte.

»Ich hab die Nase voll, Charlie Owen!«, rief Danny in der Tür stehend. »Hör endlich auf mit deinen dummen Scherzen, ja?«

Genervt hob Charlie den Kopf. »Was soll das heißen?«, fragte er und versuchte erfolglos, eine gekränkte Miene aufzusetzen. »Was habe ich bitte schön verbrochen?«

»Das weißt du ganz genau!«, fauchte Danny. »Du hast die Tür des Proberaums zugebunden, sodass ich nicht hinauskonnte!«

»Ich? Nie im Leben!«, protestierte Charlie mit einem arroganten Grinsen. »Wie könnte ich es wagen, unserem hoch geschätzten Star-Drummer einen Streich zu spielen?«

»Hast du aber!«, knurrte Danny.

»Das musst du erst mal beweisen«, erklärte Charlie hämisch lachend. »Ich bin seit Stunden hier. Du kannst jeden fragen!«

Harry grinste Danny von seinem Bett am anderen Ende des Raums aus an. »Stimmt«, erklärte er. »Wir waren den ganzen Abend im Fernsehraum.«

Danny schäumte vor Wut, doch es stimmte: Er hatte keinen Beweis dafür, dass Charlie der Schuldige war. Und ohne Beweis war er machtlos.

»Das wirst du mir büßen«, drohte er.

»Ach nee, was du nicht sagst«, spöttelte Charlie und

legte seinen Kopf aufs Kissen zurück, als wollte er gleich einschlafen. »Dafür fehlt dir doch der Mut!«

Danny griff nach einem einzelnen Hausschuh, der auf dem Boden lag, und machte Anstalten, ihn nach Charlie zu werfen, als er plötzlich eine Stimme hinter sich hörte.

»Licht aus, Danny! Hör auf, hier Unruhe zu stiften, und sieh zu, dass du in dein Zimmer kommst!«

Herrje, es war Mr South!

Beim Anblick von Charlies süffisantem Grinsen begann Dannys Blut zu kochen, aber er wusste, dass er nichts ausrichten konnte, da Mr South wartend neben ihm stand. Resigniert drehte Danny sich um und marschierte in sein Zimmer zurück. Er mochte Mr South, und wenn er auch nur den kleinsten Beweis dafür gehabt hätte, dass Charlie die Tür zugebunden hatte, hätte er dem Lehrer vermutlich alles erzählt. Doch ohne Beweis würde das nichts nützen, genau wie neulich bei der Sache mit den Trommelstöcken. Charlie würde alles leugnen. Himmel, wie unfair!

Als Mr South in ihrem Zimmer das Licht gelöscht hatte und gegangen war, wollte Fire seinen Freund trösten.

»Du hast keinen Ärger gekriegt, weil du zu spät gekommen bist, folglich ist Charlies Streich verpufft«, argumentierte er. »Lass dich von ihm nicht provozieren! Er ist es nicht wert. Sag mal, wie hast du es eigentlich geschafft, aus dem Proberaum zu kommen?«, wollte Fire wissen.

»Dave Fallon hat mich herausgelassen.«

»Hä? Was hatte *der* denn um diese Zeit dort zu suchen? So spät abends arbeitet er doch gar nicht mehr, oder?«

»Nein, ich glaube nicht, dass er noch im Dienst war.« Danny musste an die CD denken. »Ich glaube, er wollte den Proberaum selbst nutzen. Er hatte eine Elvis-Presley-CD dabei.«

»Hey, vielleicht ist er ein heimlicher Elvis-Imitator!«, meinte Ed. »Ich lach mich tot!«

»Egal, was er wollte, ich bin jedenfalls froh, dass er vorbeigekommen ist«, erklärte Danny und drehte sich auf die andere Seite. »Und Fallon hat den Haken gleich abgeschraubt, sodass Charlie mir *diesen* fiesen Streich nicht noch mal spielen kann.«

»Gut«, sagte Fire. »Vielleicht hört Charlie jetzt endlich auf mit dem Schwachsinn … Sehr viel mehr kann er dir eigentlich nicht mehr antun.«

»Hoffen wir's«, antwortete Danny beklommen.

Katastrophe!

Trotz seiner Probleme mit Charlie probte Danny fleißig das Stück für die Tanzgruppe und gegen Ende der Woche sagte Mr Penardos, der Tanzlehrer, seine Gruppe sei inzwischen so weit, das Stück zum ersten Mal gemeinsam mit Rosie Masters und Danny durchzugehen. Fast alle Schüler der Unterstufe, die nicht an der Aufführung teilnahmen, kamen zum Zuschauen. Sogar Mr Timms, der Toningenieur, der sich normalerweise quasi nur in seinem Tonstudio aufhielt, war erschienen. Danny freute sich, als er ihn mit seinen dicken Brillengläsern und seiner grauen Strickjacke, die fast so etwas wie sein Markenzeichen war, in einer der vorderen Reihen sitzen sah. Danny bewunderte Mr Timms und war über die Gelegenheit erfreut, ihm sein Können vorführen zu können.

Fire und die übrigen Tänzer nahmen ihre Plätze auf der Bühne ein, während sich Danny hinter sein Schlagzeug setzte. Er hatte es schon am Morgen aufgebaut, um ganz sicherzugehen, dass alles so war, wie er es haben wollte. Er betastete die Trommeln und Becken, um sich erneut zu vergewissern, dass der Abstand auch stimmte. Dann hob er die Trommelstöcke.

Rosie, die am Klavier saß, nickte ihm zu und Danny begann mit einem schwermütigen afrikanischen Beat. Die Tänzer erwachten langsam zum Leben, als Rosie Dannys Rhythmus am Klavier aufnahm und die ersten Noten erklingen ließ.

Danny war voll und ganz bei der Sache. Er trommelte nicht so wild wie sonst, sondern sehr gemäßigt. Es war ganz anders als in der Rockmusik. Bei diesem Stück musste er sehr kontrolliert und zurückhaltend spielen. Nach einigen weiteren Takten würde er nur die Tom-Toms spielen – beidseitig mit Fellen bespannte Trommeln –, die an seiner Bass-Drum befestigt waren, und danach kämen die Becken an die Reihe.

Gleich beim ersten Schlag auf das Tom spürte er, dass etwas nicht stimmte. Das Tom schwang weg von ihm und drehte sich auf seiner Halterung. Danny machte keine Pause, sondern schaffte es irgendwie, das Tom wieder zu sich zu holen. Als sich das zweite Tom genauso verhielt, wusste Danny, dass er ein dickes Problem am Hals hatte.

Was ist passiert?, dachte er panisch. *Soll ich aufhören?*

Doch das brachte er nicht über sich. Fire und die anderen Tänzer tanzten so konzentriert. Wenn Danny jetzt abbrechen würde, um sein Schlagzeug zu überprüfen, würde er sie aus ihrer Performance reißen.

Danny war beim Aufbau seines Schlagzeugs immer sehr gewissenhaft. Vor jedem Auftritt überprüfte er mehrfach, ob die Trommeln und Becken auch ordnungsgemäß montiert waren. Er hätte seinen Kopf verwettet, dass mit seinem Schlagzeug alles in Ordnung gewesen war, als er es vorhin überprüft hatte.

Als Nächstes schlug er auf das Splash-Becken, merkte, dass es tiefer rutschte, und sah, wie sich die Füße des Ständers immer mehr spreizten. Das Becken sank tiefer und tiefer, bis es schließlich direkt auf dem Stand-Tom lag.

Sein Schlagzeug war sabotiert worden! Eine andere Erklärung gab es nicht. Kurzzeitig befürchtete Danny, sein uralter Beckenständer könnte schuld sein. Aber andererseits war *alles* locker, nicht nur diese eine vertrackte Halterung. Doch im Moment konnte Danny nichts daran ändern.

Verzweifelt versuchte er, etwas vorsichtiger zu spielen, aber die Musik sollte nun lauter werden, nicht leiser. Herrje, hoffentlich würde sein Schlagzeug noch so lange durchhalten, bis der Tanz zu Ende war … Weitere zehn Takte, dann kämen die immens wichtigen Rim-Shots dran.

Mach weiter, sagte Danny sich, *du schaffst es.*

Sein geliebtes Schlagzeug würde ihn doch nicht ausgerechnet jetzt im Stich lassen, oder? Doch selbst er konnte unter diesen Umständen nicht mehr gut spielen. Das Pedal der Bass-Drum war lose, die Becken rutschten abwärts und die Trommeln klangen schrecklich, weil ihre Bespannung gelockert worden war. Danny biss die Zähne zusammen und versuchte weiterzuspielen, doch beim nächsten Schlag fiel sein ganzes Schlagzeug auseinander!

Der Lärm war unbeschreiblich. Die Becken fielen scheppernd von ihren Ständern und rollten zwischen die Tanzenden. Es klang, als hätte jemand einen Berg von Kochtöpfen fallen lassen! Fire stolperte über ein Becken und wäre beinahe gestürzt. Als Nächstes kippte das Stand-Tom wie in Zeitlupe zur Seite und donnerte dann mit einem ohrenbetäubenden Krachen zu Boden, während das Splash-Becken quer über die Bühne rollte, über den Rand fiel und mit einem lauten Scheppern vor Mr Penardos Füßen landete. Selbst die Snare-Drum stürzte mit einem surrenden Klirren von ihrem Ständer. Starr vor Schreck saß Danny in einem Durcheinander von schiefen Chromständern und dem, was von seinen Trommeln übrig geblieben war.

Das Ganze sah mehr wie ein Gewirr aus Drahtkleiderbügeln und ausrangierten Hutschachteln aus als wie sein heiß geliebtes Schlagzeug. Dannys Freunde saßen wie erstarrt da, während Charlie und Harry in grölendes Gelächter ausbrachen. Sie verstummten jedoch abrupt, als Mr Penardos mit dem Beckenteller in der Hand auf die Bühne sprang. Er sah aus, als würde er vor Wut gleich platzen. »Soll das etwa ein Scherz sein, mein Freund?«, fauchte er.

Danny schüttelte seinen hochroten Kopf, hin- und hergerissen zwischen Verlegenheit und unbändiger Wut darüber, dass er schuldlos wie der letzte Vollidiot dastand.

»Beseitige sofort dieses Chaos! Wir verzichten für heute auf dich! Nein, Fire, du bleibst bei den Tänzern; wir fangen noch einmal von vorne an!« Er drückte Danny das Becken in die Hand und wartete ungeduldig.

Ein betretenes Schweigen herrschte im Saal, während Ed und Ben Danny halfen, die Einzelteile seines Schlagzeugs einzusammeln und so schnell wie möglich an der Wand aufzustapeln, damit sie aus dem Weg waren. Rosie lächelte Danny mitfühlend zu, doch das änderte nichts daran, dass er vor Scham am liebsten im Boden versunken wäre.

Sobald der zweite Probelauf des Tanzes zu Ende war und die Tanzschüler die Bühne verlassen hatten, nahmen Danny und seine Freunde alle Trommeln, Becken und Ständer und trugen sie in den Proberaum zurück.

»Sogar die Felle wurden gelockert!«, tobte Danny. »Dabei habe ich alles vor der Pause noch einmal gründlich überprüft! Es wird ewig dauern, bis ich das wieder richtig montiert habe!«

»Das kann nur Charlie gewesen sein«, erklärte Ed.

»Klar, aber dafür gibt es keinen Beweis«, knurrte Danny. »Schon wieder nicht!«

»Beruhige dich«, versuchte Fire ihn zu besänftigen. »Dann bewachen wir eben von jetzt an auch dein Schlagzeug!«

Doch Danny war nicht zu besänftigen. »Mir reicht's!«, zischte er. »Ein für alle Mal! Das lasse ich ihm nicht durchgehen! Das wird er mir büßen!«

»Lass ihn ja nicht merken, wie es in dir aussieht«, warnte Fire ihn auf dem Weg zum Mittagessen. »Das würde ihn nur noch mehr anstacheln. Zum Glück ist diesmal nichts kaputtgegangen!«

Charlie lungerte in der Nähe der Ausgabetheke herum und beobachtete, wie sie sich in die Schlange stellten.

»Hey, Danny, du hattest ja wirklich *durchschlagenden* Erfolg bei der Tanzgruppe«, sagte er spöttisch, als sie in seine Nähe vorgerückt waren.

Zuerst tat Danny so, als hätte er es nicht gehört. Er blickte Charlie flüchtig an, sagte jedoch nichts. Dann, als bemerke er das Getränk in seiner Hand erst jetzt, hob er es hoch bis auf Augenhöhe. Er hatte sich bisher noch nie gewehrt und deshalb war Charlie völlig unvorbereitet. Betont langsam und ohne das Gesicht zu verziehen, hob Danny das Glas noch höher und schüttete den Inhalt dann genüsslich über Charlies Kopf.

Charlie stand einfach nur da, während der klebrige Orangensaft aus seinen Haaren tropfte. Die gelbe Flüssigkeit lief ihm hinten in den Nacken, vorne über seine Nase und tropfte schließlich auf den Boden.

»Hey!«, rief da die Frau hinter der Theke. »Wisch das sofort auf!«

Danny hatte sich bereits sein Tablett geschnappt und ging damit an den Tisch seiner Clique, ohne auf den Aufruhr an der Ausgabetheke zu achten.

Charlie schüttelte sich wie ein nasser Pudel und etliche Mädchen quiekten, als die klebrigen Safttropfen in alle

Richtungen flogen. Jemand aus der Küche drückte ihm einen Lappen und einen Schrubber in die Hand. Widerwillig wischte er den größten Teil der Pfütze auf und fuhr sich dabei mehrmals mit dem Unterarm übers Gesicht. So konnte er unmöglich zu Mittag essen. Er musste sich zuerst die Haare waschen und seine klebrigen Klamotten wechseln.

Keiner seiner Freunde war bereit, sein Mittagessen stehen zu lassen, um ihn zu begleiten. Deshalb musste Charlie ganz allein aus der Cafeteria gehen.

»Loser«, murmelte Danny zufrieden vor sich hin, als er ihm nachblickte.

Eine Strafpredigt

Die erste Nachmittagsstunde, die sie hatten, war Englisch, doch vor Beginn des Unterrichts hatte die Lehrerin noch etwas zu verkünden.

»Ich habe eine Info für Danny und Charlie«, sagte sie. »Judge Jim Henson will euch beide sehen, gleich nach dem Nachmittagsunterricht. – Okay, fangen wir an. Schauen wir uns die Songtexte an, die ihr für heute als Hausaufgabe zu schreiben hattet. Ich bin gespannt, was euch eingefallen ist.«

Danny konnte sich nicht konzentrieren. Was wollte Judge Jim von ihnen? Hatte sich Charlie wegen des Zwischenfalls mit dem Orangensaft beschwert? Falls ja, dann hätte er, Danny, auch einiges zu erzählen. Aber leider hatte er noch immer keine Beweise und keinen Zeugen für Charlies Gemeinheiten, während eine Menge Leute gesehen hatten, wie er Charlie den Saft über den Kopf geschüttet hatte.

Danny schielte Charlie von der Seite an, doch im Gesicht seines Feindes konnte er keine Regung ablesen. Immerhin war er wesentlich zurückhaltender als sonst. Bedeutete das, dass er ebenfalls Bammel vor Judge Jim hatte? Oder war er sich sicher, dass Danny ausgeschimpft, er dagegen ungeschoren davonkommen würde?

Der ganze Nachmittag war eine einzige Qual für Danny. Er hatte Englisch eigentlich ganz gern, besonders wenn es wie heute auch mit Musik verbunden war. Im Moment war er allerdings total unkonzentriert, obwohl es um das Schreiben lyrischer Songtexte ging.

»Ich glaube nicht, dass ich etwas falsch gemacht habe«, sagte er zu Ed auf dem Weg zum Französischunterricht. »Ich meine … abgesehen von dem kleinen Zwischenfall in der Cafeteria.«

»Vielleicht hat es auch gar nichts mit dem Streit zwischen Charlie und dir zu tun«, gab Fire zu bedenken.

Doch Danny war nach wie vor beunruhigt. »Ich kann mir nicht vorstellen, um was es sonst gehen sollte«, erklärte er beklommen.

Dann endlich war der Nachmittagsunterricht vorbei. Statt mit seinen Freunden zum Abendessen zu gehen, lief Danny zum Rockmusikgebäude. Dort stieß er auf Charlie und sie betraten es zusammen. Danny hatte keine Lust, mit Charlie zu reden, und auch Charlie schaute überall hin, nur nicht in Dannys Richtung.

Sie gingen durch den Saal, wo neulich die Jamsession stattgefunden hatte. Dort war jetzt alles ruhig, obwohl mehrere Gitarren herumstanden, die nur darauf warteten, von ihren Besitzern eingestöpselt zu werden und sich Musik entlocken zu lassen.

Judge Jims Arbeitszimmer lag am Ende eines kurzen Flurs. Im ersten Moment zögerten beide, dann holte Danny tief Luft, trat einen Schritt vor und klopfte an der Tür.

»Ja?« Judge Jims unverwechselbare tiefe Stimme ertönte und Danny drückte die Tür auf.

Der Raum war ein einziges Durcheinander aus Papierstapeln, CDs, Fotografien, überzähligen Stromkabeln und Gitarren aller Art und jeden Alters. In einer Keramikschale auf dem Schreibtisch lag eine Sammlung von Plektren, Bleistiftstummeln, Klebebändern – die man für tausendundeine Gelegenheit verwenden konnte – sowie etliche Bananenstecker, die zu längst nicht mehr verwendeten Stromkabeln gehörten.

Judge Jim saß auf der Kante seines Schreibtischs und stimmte eine Flying-V-Gitarre. Doch als die Jungen eintraten, legte er das Instrument weg und erhob sich.

»Und?«, fragte er, als er um den Schreibtisch ging und sich auf einen alten Holzstuhl mit Armlehnen setzte, auf dem ein verschlissenes Patchworkkissen lag. »Was habt ihr mir zu sagen?«

Danny zögerte. Mit dieser Frage hatte er nicht gerechnet. Was *hatte* er dem Mann zu sagen, vor dem er größeren Respekt hatte als vor sonst jemandem auf der Welt? Natürlich hätte er eine Menge sagen *können*, aber er war sich nicht sicher, ob Judge Jim beeindruckt gewesen wäre, wenn er sich jetzt über all die Gemeinheiten beklagt hätte, die Charlie ihm in letzter Zeit angetan hatte.

Auch Charlie blieb stumm, ließ den Kopf hängen und tat so, als gäbe es nichts Interessanteres, als zu beobachten, wie er mit der Spitze seines Turnschuhs auf dem dicken Teppich herumscharrte. Danny wollte auf keinen Fall so wirken, als hätte er ein schlechtes Gewissen. Tapfer schaute er Judge Jim an und räusperte sich.

»Nun?« Judge Jim hob fragend eine Augenbraue bis in Höhe seiner grauen Dreadlocks.

»Wir haben in letzter Zeit ein paar Probleme miteinander«, gestand Danny.

Das klang etwas halbherzig, doch Judge Jim nickte ernst. »So etwas hab ich mir gedacht«, erklärte er, »nach dem, was mir zu Ohren gekommen ist.«

Auf einmal kam Leben in Charlie. »Er prahlt dauernd damit herum, wie toll er ist! Er macht mir meine Bandmitglieder abspenstig und lässt mir keine Chance!«

Vor Überraschung fiel Danny der Unterkiefer herunter. Doch Judge Jim schien Charlies Aussage ernst zu nehmen.

»Und was hast du an Charlie zu kritisieren, Danny?«

Danny zuckte mit den Schultern. Was immer er sagen würde, Charlie würde alles abstreiten und er hatte keine Beweise in der Hand. »Es tut mir leid, wenn Charlie denkt, ich würde herumprahlen«, sagte er deshalb nur. »Das war nicht meine Absicht. Aber es stimmt, dass wir zurzeit nicht besonders gut miteinander auskommen – was ich sehr bedauere«, fügte er mit etwas festerer Stimme hinzu. »Ich will doch nur in Ruhe Schlagzeug spielen.«

»Pah, du hältst dich für so großartig ...«, platzte Charlie heraus.

»Ruhe!« Judge Jims Stimme war nicht laut, strahlte aber so viel Autorität aus, dass Charlie augenblicklich verstummte. »Hört auf zu jammern und macht euch lieber wieder an die Arbeit«, sagte er streng. »Dann vergeht euch die Lust, aufeinander herumzuhacken.« Er blickte Danny an. »Denk daran, dass Klugscheißer nie beliebt sind, und sei keiner. In der Musikbranche braucht man so viele Freunde wie nur möglich. Wirf sie nicht leichtfertig weg, egal, wie anstrengend sie bisweilen auch sein mögen.« Er zögerte und Danny glaubte, ein Aufflackern von Mitgefühl in den Augen des alten Lehrers zu sehen.

»Ihr seid an dieser Schule, weil wir den Eindruck hatten, es sei euch ernst mit der Musik«, fuhr Judge Jim fort. »Doch wie es scheint, habt ihr das völlig aus den Augen verloren.«

Nun schaute er Charlie an, der verlegen etwas brummte und seinem Blick auswich.

»Und wenn ich höre, dass einer meiner Schüler einen anderen Fachbereich im Stich lässt, werde ich sehr, sehr wütend«, sagte Judge Jim.

Danny rutschte das Herz in die Hose. Mr Penardos musste Judge Jim von der katastrophalen Probe erzählt haben. Natürlich hätte Danny jetzt erklären können, dass Charlie sein Schlagzeug sabotiert hatte. Aber irgendwie hatte er das Gefühl, dass das ungefähr das Letzte gewesen wäre, was Judge Jim im Moment hören wollte.

»Ihr müsst lernen, miteinander auszukommen«, sprach Judge Jim weiter, »ungeachtet aller Differenzen. Lasst es nicht zu, dass sie zwischen euch und der Musik stehen.« Er erhob sich, ging um seinen Schreibtisch, setzte sich wieder auf eine Ecke und griff nach der Gitarre, die er beim Hereinkommen der beiden gestimmt hatte.

»Und außerdem ... da ihr offenbar nicht in der Lage seid, euch zu einigen, wer bei dem Konzert mit wem spielt, werde ich euch diese Entscheidung abnehmen.«

Charlies Kopf ruckte hoch und er wollte offenbar etwas sagen, doch Judge Jim ließ ihn nicht zu Wort kommen.

»Ihr werdet beide mit einem Solostück auftreten«, erklärte er ihnen. »Und du, Danny, wirst Rosie bei ihrem *Rifle-Shot* begleiten, aber natürlich mit einem tadellos montierten Schlagzeug«, fügte er leicht ironisch hinzu. »Du, Charlie, wirst mit Tara und Harry spielen. Für welches Stück ihr euch entscheidet, liegt bei euch, aber es muss demokratisch zugehen. Ich dulde auf keinen Fall, dass du dich in den Vordergrund drängst!«

Danny hielt erschrocken die Luft an. Tara würde ausrasten!

Und was war mit Ed und Ben? Judge Jim war jedoch noch nicht fertig.

»Etliche berühmte Schlagzeuger sind sehr erfolgreich zusammen aufgetreten«, erklärte er ihnen. Er nahm zwei Blätter von seinem Schreibtisch und überreichte sie ihnen.

»Das Stück heißt *Conversation Piece.* Geht und schaut es euch an. Und dann studiert es ein. *Gemeinsam!*«

»Aber …«

Judge Jim funkelte Charlie wütend an. »Kein Aber! Ihr solltet besser lernen, miteinander auszukommen. Ihr werdet dieses Stück beim Konzert vortragen und ich lege größten Wert darauf, dass es eine erstklassige Performance wird!«

Ein furchtbarer Abend

Am Abend, als der Unterricht endlich vorbei war, saß Danny in seinem Zimmer und studierte das Schlagzeugstück, das Judge Jim ihnen aufgebrummt hatte. Er wurde ganz mutlos. Für zwei Freunde wäre es ein großartiges Stück gewesen. Mit dem richtigen Timing würde zuerst das Hin und Her zwischen den beiden Schlagzeugen, dann wieder das gemeinsame Spiel das Gefühl vermitteln, als würden die beiden Musikinstrumente miteinander kommunizieren.

Judge Jim hatte recht. Die beiden Musiker mussten dafür perfekt aufeinander eingespielt sein. Danny konnte sich jedoch beim besten Willen nicht vorstellen, dass Charlie mit ihm zusammen üben würde. Andererseits wollte er auch nicht, dass Judge Jim glaubte, er sei nicht kooperativ. Mit einem tiefen Seufzer legte er das Blatt zur Seite.

Da kam Ed aus dem Bad und rubbelte sich die Haare trocken. »Kopf hoch«, sagte er, als er das Handtuch wegwarf und sich zu Danny setzte. »So schlimm kann es nicht sein.«

»Doch, noch schlimmer«, erwiderte Danny niedergeschlagen. »Charlie und ich schaffen es nie im Leben, uns gemeinsam auf dieses Konzert vorzubereiten. Bei diesem Stück müssen wir uns ständig abwechseln. Schau mal! Das ist seine Zeile, die darunter meine. Er fängt mit der Snare-Drum an, dann kommt meine ins Spiel. Das hier sind seine Toms, direkt darauf meine und so weiter. Wenn wir nicht hundertprozentig präzise spielen, wird das Ganze schrecklich klingen!« Danny fuhr mit dem Zeigefinger unter den Notenlinien entlang.

Ed warf einen Blick auf das Blatt und stieß dann einen leisen Pfiff aus. »Oje, ich begreife, was du meinst.« Er deutete auf eine Stelle weiter unten. »Ich kenne mich mit der Drummer-Notenschrift nicht so gut aus, aber mir schwant, dass es wirklich um Sekundenbruchteile geht, damit sich das Stück gut anhört. Hm, wahrscheinlich hofft Judge Jim, euch damit zur Zusammenarbeit zu bewegen.«

»Ich weiß«, stimmte Danny ihm traurig zu. »Und ich wollte auch gleich nach dem Abendessen mit Charlie darüber reden, doch er hat mich einfach stehen gelassen.« Danny legte das Notenblatt auf seinen Nachttisch und versuchte, sein Problem fürs Erste zu verdrängen. Er würde noch ein paar Seiten seines Buches lesen, bevor das Licht gelöscht wurde.

Da kam Fire mit Ben ins Zimmer. Er machte die Tür hinter sich zu und lehnte sich mit dem Rücken dagegen.

»Kissenschlacht!«, verkündete er theatralisch.

Danny blickte von seinem Buch auf. Deprimiert, wie er war, hatte er nun wirklich keine Lust auf eine Kissenschlacht. »Ohne mich!«, verkündete er daher.

»Ohne dich geht's leider nicht«, erklärte ihm Fire. »Es war außerdem nicht meine Idee. Ich habe nur zufällig im Bad Charlie belauscht. Sein Zimmer will unser Zimmer überfallen, sobald das Licht aus ist. Da kannst du nicht faul herumliegen und sagen, du willst nicht mitmachen!«

Die Diskussion wurde jäh unterbrochen, als Mr South eintrat, um das Licht zu löschen. Nachdem er wieder weg war, lagen alle noch einige Minuten lang schweigend im Dunkeln. Dann setzte sich Fire auf und knipste seine Nachttischlampe an.

»Sobald sie glauben, dass die Luft rein ist, werden sie hereinstürmen«, flüsterte er heiser. »Was sollen wir tun?«

Dannys Niedergeschlagenheit schlug in eine unbändige Wut um. Charlie reichte es offenbar nicht, ihn in einer Tour zu schikanieren und sich zu weigern, das Stück mit ihm durchzusprechen, das ihnen aufs Auge gedrückt worden war ... Nein, jetzt hatte er auch noch einen Überfall auf Dannys Zimmer geplant – und dabei wollte Danny doch nur seine Ruhe haben.

Eine Kissenschlacht war normalerweise ganz lustig, aber Danny war klar, dass es diesmal hart zur Sache gehen würde. Man konnte keine für beide Seiten spaßige Kissenschlacht veranstalten, wenn zwischen den gegnerischen Lagern offene Feindseligkeit herrschte. Andererseits hatte Fire recht. Danny konnte nicht einfach liegen bleiben und so tun, als ginge es ihn nichts an. Charlie würde sich garantiert wie ein Wilder auf ihn stürzen. Das war unausweichlich.

»Okay!« Danny schwang seine Beine aus dem Bett und erhob sich. »Leihst du mir dein Kissen, Ed?« Die Internatskissen waren alle aus leichtem Schaumstoff, doch weil Ed gejammert hatte, er könne darauf nicht schlafen, hatte er sein eigenes Federkissen von zu Hause mitbringen dürfen. Es eignete sich sehr viel besser als Waffe.

»Meinetwegen.«

»Was hast du vor?«, erkundigte sich Fire.

Danny tauschte mit Ed das Kissen und erklärte Fire dann: »Ich klettere jetzt aus dem Fenster und taste mich außen bis zum letzten Fenster am Ende des Flurs vor. Dort steige ich wieder ein und greife Charlie von hinten an. Wenn er eine Kissenschlacht haben will, dann soll er sie auch kriegen!«

Seine Freunde starrten ihn an. »Hey, wir dürfen nicht aus dem Fenster klettern, außer wenn ein Feuer ausbricht und wir in der Falle sitzen«, warnte Fire ihn. »Es ist gefährlich.«

»Es ist nur dann gefährlich, wenn man Blödsinn macht«, entgegnete Danny. »Außerdem gibt es ein Geländer, sodass man gar nicht vom Dach fallen kann. Im Übrigen gäbe es da keine Feuerleiter, wenn es so gefährlich wäre.« Fire sah nicht sehr überzeugt aus, doch Danny ließ sich nicht von seinem Vorhaben abbringen. »Kissenschlachten sind übrigens ebenfalls verboten, doch das hat uns noch nie davon abgehalten«, fügte er trotzig hinzu.

»Am Ende des Flurs ist jetzt im Winter sicher kein Fenster offen«, gab Ed zu bedenken. »Wie willst du da reinkommen?«

»Ich lauf schnell los und mach eines auf«, erbot sich Ben. Lautlos huschte er aus dem Raum, und sobald er weg war, öffnete Danny das Fenster und schaute hinaus.

»Wenn das herauskommt, kriegst du einen Mordsärger«, warnte auch Ed ihn.

Doch Danny war nicht zu bremsen. »Ich hab die Scherze dieses Charlie Owen so was von satt!«, sagte er grimmig. »Ich muss ihm endlich zeigen, dass er mich nicht länger schikanieren kann!«

»Das Fenster direkt neben Charlies Zimmer ist offen«, erklärte Ben, als er ins Zimmer zurückkam. »Du müsstest jetzt leicht einsteigen können. Und dann hörst du ja, wenn er und seine Kumpel ihr Zimmer verlassen, um sich zu uns zu schleichen.«

»Danke.«

Danny schob Eds dickes Kopfkissen durch das Fenster und kletterte hinterher. Ein kalter Wind pfiff ihm um die Ohren und er wünschte, er hätte sich seinen Bademantel übergezogen. Doch trotz der Kälte und der Dunkelheit erschien es ihm gar kein Problem, sich zwischen den Zimmerfenstern und der steinernen Brüstung zu bewegen. Herunterfallen konnte man nur, wenn man so dumm wäre und auf die Brüstung kletterte. Sich hier auf dem

Dach aufzuhalten, verstieß allerdings gegen die Schulvorschriften, und wenn er geschnappt werden würde, säße er ganz schön in der Tinte!

Es dauerte nicht lange, bis Danny an dem Fenster war, das Ben für ihn aufgemacht hatte. Er streckte den Kopf hindurch und spitzte die Ohren. Alles war ruhig. Er wollte erst hineinklettern, wenn Charlie und Konsorten ihr Zimmer verließen. Dann wollte er von hinten angreifen, womit Charlie niemals rechnen würde.

Auf einmal hörte er, wie leise eine Türklinke heruntergedrückt wurde. Aha, Charlie öffnete seine Zimmertür! Blitzschnell zog Danny den Kopf wieder zurück und wartete, bis die vier Jungen aus ihrem Zimmer geschlichen waren. Vorsichtshalber wartete er noch ein paar Sekunden länger, ehe er so lautlos wie möglich in den nur schwach beleuchteten Flur kletterte.

So, es war so weit. Die Stunde der Rache war gekommen! Doch er musste sich beeilen. Sie waren bereits um die Ecke gebogen und außer Sicht. Bald wären sie vor seinem Zimmer. Und er wollte Charlie angreifen, bevor auch seine Freunde in die Schlacht verwickelt wären. Dies war eine Sache zwischen Danny und Charlie Owen, und Danny war fest entschlossen, seinem Erzfeind eine gehörige Abreibung zu verpassen.

Er packte das Kissen.

Dir werde ich es zeigen, Charlie Owen!

Danny schwang das Kissen beidhändig über den Kopf auf den Rücken und rannte dann mit gesenktem Kopf los.

Jetzt konnte ihn nichts mehr bremsen. Er war wütend wie noch nie in seinem Leben. Charlies Gemeinheiten loderten wie ein Feuer in seiner Seele. Das Kissen hinter seinem Kopf fest umklammert, holte er Schwung, um so richtig fest zuschlagen zu können.

Wie ein rasender Bulle stürmte Danny um die Ecke. Es war zu spät zum Abbremsen, obwohl ihm die Gestalt, die er nun undeutlich vor sich sah, irgendwie seltsam vorkam. Doch da sauste das Kissen bereits durch die Luft und die Zielscheibe seines Racheakts war noch völlig ahnungslos.

Patsch! Federn flogen in alle Richtungen.

Dannys Opfer taumelte gegen die Wand. Seine Brille fiel ihm von der Nase und in seiner Verwirrung trat der Überfallene darauf und sie ging knirschend kaputt. Danny stand da wie vom Donner gerührt. Charlie hatte keine Brille! Charlie hatte auch keine grauen Haare und trug keine Strickweste! Es war gar nicht Charlie. Es war auch kein Schüler. Es war der Mensch, auf den Danny so gern einen guten Eindruck gemacht hätte – bis sein Schlagzeug zusammengekracht war. Es war Mr Timms!

Ein schreckliches Versehen

Zuerst herrschte Totenstille. Die letzten Federn schwebten durch die Luft und dann langsam zu Boden. Mr Timms bückte sich bedächtig, um seine zerbrochene Brille aufzuheben. Er beäugte sie eine Weile blinzelnd, ehe er sie in die Tasche seiner Strickweste steckte.

Was hatte Mr Timms hier zu suchen? Er musste Mr Souths letzten Kontrollgang übernommen haben! Was für ein Wahnsinnspech, dass er beschlossen hatte, ausgerechnet in diesem Moment nach dem Rechten zu sehen.

Danny wollte weglaufen, so tun, als sei er es nicht gewesen. Doch dafür war es schon zu spät. Außerdem kannte Mr Timms ihn zu gut. Und Danny mochte Mr Timms. Doch das half ihm im Moment nicht weiter. Mr Timms war wohl derjenige Lehrer, mit dem er sich diesen Scherz vermutlich am wenigsten hätte erlauben können – von Mrs Sharkey, der Rektorin, mal abgesehen. Mr Timms war ein ausgezeichneter Toningenieur und ein guter Lehrer, doch für jugendliche Streiche hatte er leider nicht das geringste Verständnis. Bei Mr South wäre es schon schlimm genug gewesen, doch der hatte eigene Söhne und sicher mehr Verständnis für kindische Streiche.

»Es ... es tut mir leid, Mr Timms«, stotterte Danny. »Schrecklich leid. Ich hatte nicht gesehen, dass Sie es sind.« Danny hob eine Brillenglasscherbe auf und reichte sie dem Lehrer.

»Sind alle anderen auf ihren Zimmern?«, fragte Mr Timms mit leicht bebender Stimme.

Danny nickte nur.

Mr Timms öffnete die Tür zu Dannys Zimmer. Im Inneren war es dunkel und alle schienen zu schlafen. »Geh sofort ins Bett«, sagte Mr Timms leise.

Danny betrat das Zimmer und die Tür wurde hinter ihm geschlossen. Am ganzen Leib zitternd, kletterte er in sein Bett und spitzte die Ohren. Ein paar Sekunden lang war draußen auf dem Flur alles still. Dann waren leise Schritte zu hören, die sich entfernten.

Was war mit Charlie? Er konnte es ja nicht gewesen sein, den Danny *aus* dem Zimmer hatte gehen hören. Wahrscheinlich war es Mr Timms gewesen, der einen Blick *in* das Zimmer geworfen hatte, um sich zu vergewissern, ob alles in Ordnung war. Charlie und seine Kumpel mussten noch brav in ihren Betten liegen. Ihnen war wohl die Lust auf eine Kissenschlacht vergangen, nachdem sie gesehen hatten, dass Mr Timms an diesem Abend die Aufsicht hatte. Was für ein Pech aber auch!

Es dauerte nicht lange, bis die anderen Betten leise knarrten und seine Freunde sich aufsetzten.

»Was ist passiert?«, wisperte Fire mit angespannter Stimme. »Mit wem hast du geredet?«

Danny musste tief Luft holen, bevor er antworten konnte. »Mit Mr Timms«, sagte er.

»Timms?« Fire klang erschrocken.

»Er macht den Kontrollgang und deshalb fällt die Kissenschlacht aus«, erklärte Danny und musste ein Schluchzen unterdrücken. Wie hatte er nur etwas so Ungeheuerliches tun können?

»Weißt du das von Charlie?«, wollte Ed wissen.

»Nein, den hab ich gar nicht gesehen«, murmelte Danny.

»Du bist doch nicht etwa erwischt worden, als du zum Fenster hineingeklettert bist, oder?«, fragte Ben besorgt.

»Nein«, sagte Danny mit zittriger Stimme und wünschte sich nichts sehnlicher, als endlich in Ruhe gelassen zu werden. »Könnt ihr jetzt bitte die Klappe halten?«, bat er seine Freunde. »Ich will schlafen.«

»Man wird doch noch fragen dürfen«, maulte Ben.

Danny sagte nichts darauf. Er legte sich zurück, drehte sich zur Wand, schloss die Augen und versuchte, nicht mehr an den schrecklichen Moment zu denken, als das Kissen mit Mr Timms Hinterkopf zusammengetroffen war.

»Alles in Ordnung mit dir?«, fragte Fire vorsichtig.

Im Dunkeln blinzelte Danny ein paar Tränen weg und

konnte sich mit Müh und Not ein knappes »Ja« abringen. Dann war endlich Ruhe. Danny wischte sich die Tränen ab und lag zusammengekauert unter seiner Decke. Dies war bestimmt die schlimmste Nacht seines Lebens!

Am nächsten Morgen war Danny lange vor den anderen wach. Er hatte kaum geschlafen, sondern nur pausenlos darüber nachgedacht, was er getan hatte. Inzwischen fühlte er sich ausgebrannt und leer. Wenn er Pech hatte, würde er von der Schule fliegen. Bis gestern war seine größte Sorge gewesen, dass Charlie nicht mit ihm üben wollte. Doch das war eine Lappalie, verglichen mit dem, was er gestern Abend angestellt hatte.

Lautlos stand Danny auf und ging nach unten. Er öffnete die Haustür und stand einen Moment lang auf der Schwelle. Fröstelnd schaute er hinaus. Es war noch dunkel und der Weg war vereist. Es würde ein sehr kalter Tag werden. Doch es war nicht die Kälte, die sein Herz so zusammenpresste.

Am liebsten hätte er seinen Mantel angezogen und wäre weggelaufen, doch er zwang sich, die Tür wieder zu schließen. Er würde nicht einfach aufgeben, das war nicht seine Art. Und er wusste, dass Weglaufen keine Lösung war. Deshalb ging er durch den Korridor und klopfte an Mr Souths Tür. Der für das Jungen-Wohnhaus zuständige Lehrer frühstückte gerade.

»Was ist passiert?«, fragte er, als er in Dannys müdes, blasses Gesicht sah. »Komm erst mal herein!«

Und dann brach alles aus Danny heraus. Die ganze Sache mit Charlie war ihm gehörig über den Kopf gewachsen und er wurde nicht mehr allein damit fertig. Mr South hörte Danny aufmerksam zu, während er seinen Toast aß, und seine Miene wurde immer ernster, je mehr er erfuhr.

»Warum um alles in der Welt bist du nicht gleich zu mir gekommen, als Charlie mit seinen gemeinen Streichen angefangen hat?«, fragte er aufgebracht. »Du weißt, dass Mobbing an unserer Schule nicht geduldet wird. Aber wie sollen wir einschreiten, wenn die Betroffenen nicht zu uns Lehrern kommen und wir nichts davon erfahren?« Fassungslos schüttelte er den Kopf. »Und jetzt sind die Dinge bereits ziemlich außer Kontrolle geraten. – Ich wünschte, ich wäre gestern Abend nicht früher gegangen«, fuhr er dann fort. »Wenn ich hier gewesen wäre, wäre es vermutlich nicht zu diesem Zwischenfall gekommen. Aber ich kann schließlich nicht vierundzwanzig Stunden am Tag im Einsatz sein.«

Danny wusste nicht, was er darauf sagen sollte, und zuckte nur ratlos die Schultern.

Mr South stand auf und trug seine leere Müslischale und den Teller zum Spülbecken. »Tja, aber nun ist es leider zu spät. Es wird eine Befragung geben, Mrs Sharkey wird davon erfahren und du weißt sicher, dass Mr Timms verlangen könnte, dass man dich von der Schule verweist, nicht wahr? Ich werde tun, was ich kann, aber versprechen kann ich dir nichts. Ausgerechnet *du*, Danny! Was für ein Jammer. Ich kann es immer noch nicht glauben.

Ein Mitglied des Lehrkörpers anzugreifen ist unter keinen Umständen tolerierbar, egal aus welchen Gründen.«

»Ich weiß.« Danny holte tief und bebend Luft. »Ich würde gern zu Mr Timms gehen und mich noch einmal bei ihm entschuldigen. Meinen Sie, das wäre okay?«

Mr South seufzte. »Ich weiß nicht, Danny. Vielleicht ist es besser, die Sache vorläufig auf sich beruhen zu lassen. Ich werde ihn anrufen und ihm sagen, wie leid es dir tut und wie elend du dich fühlst. Ich kann ihm auch erklären, was dich dazu getrieben hat. Warten wir lieber ab, in welcher Stimmung er ist, bevor du ihm unter die Augen trittst.«

In diesem Moment läutete das Telefon und Mr South hob ab. Als er zurückkam, machte er ein sehr ernstes Gesicht.

»Das war die Rektorin«, sagte er zu Danny. »Du sollst sofort zu ihr kommen.«

Danny kam lange nach den anderen in die Cafeteria, um ein spätes Frühstück zu sich zu nehmen. Er begnügte sich mit einem Glas Milch und setzte sich damit in eine stille Ecke. Er sah klein und verzweifelt und sehr einsam aus.

Ed und Chloe sahen Fire fragend an.

»Warum hat er sich nicht zu uns gesetzt?«, fragte Chloe.

»Sollen wir nicht rübergehen und fragen, wie es ihm geht?«, schlug Ed beklommen vor.

»Es geht ihm offensichtlich *nicht* gut«, antwortete Fire.

»Gestern Abend muss etwas Schreckliches passiert sein. Und heute Morgen ist er ganz früh aus dem Zimmer. Keine Ahnung, wo er war.«

Noch vor dem Frühstück hatte Mr South alle Jungen des Wohnhauses zusammengerufen. Er hatte Dannys Namen nicht erwähnt, aber in aller Deutlichkeit gesagt, dass Kissenschlachten in Zukunft strengstens verboten waren. Es hatte neugieriges Gemurmel gegeben und alle fragten sich, was der Grund für diese Standpauke war und wo Danny steckte, doch Mr South war nicht sehr mitteilsam.

»Ich gehe zu ihm«, verkündete Fire. »Ihr bleibt besser hier.«

Er ging zu dem Tisch in der Ecke und setzte sich zu Danny. Danny blickte kurz auf, dann gleich wieder weg. Es war offensichtlich, dass er nicht reden wollte.

»Danny? Erzähl, was ist los? Ich bin dein bester Freund. Was ist passiert? Wo warst du so lange? *Mir* kannst du es doch sagen. Vielleicht kann ich dir ja helfen.«

Danny nippte an seiner Milch und schob das Glas dann weg. Sein Magen rebellierte. Und sein bester Freund saß bei ihm und wollte ihm helfen, doch Danny schaffte es nicht, sich ihm anzuvertrauen, nicht einmal Fire.

»Geht nicht«, sagte er und schaute seinen Freund endlich an. Was passiert war, belastete ihn so sehr, dass er keine Worte fand. »Tut mir leid, Fire. Aber ich kann nicht …«

Eine schwere Zeit

Doch Danny brauchte dringend jemanden, dem er sein Herz ausschütten konnte. Und nach einigen Minuten hatten sich all seine Freunde und Freundinnen um ihn geschart. Sie wussten zwar nicht, was los war, wollten Danny aber unbedingt helfen.

Chloe setzte sich neben ihn und legte ihm eine Hand auf den Arm. »War wieder etwas mit Charlie?«, erkundigte sie sich sanft.

Danny schüttelte den Kopf.

»Hat Mr Timms gestern Abend etwas gesagt, was dich so mitnimmt?«, mutmaßte Fire, doch wieder schüttelte Danny den Kopf.

»Nein«, brachte er schließlich hervor.

»Was ist es dann?«, fragte Chloe ratlos.

»Es geht nicht um jemand anderen«, platzte es schließlich aus Danny heraus. »Es geht um *mich.*« Er schlug die Hände vors Gesicht und stöhnte. »*Ich* habe etwas ganz

Schlimmes gemacht. Ich … ich habe nicht Charlie mit dem Kissen getroffen, sondern Mr Timms!«

Betroffenes Schweigen breitete sich aus.

»Nicht mit *Absicht*«, ergänzte Danny heiser und blickte auf. »Ich hatte natürlich gedacht, es sei Charlie. Jedenfalls raste ich um die Ecke, das Kissen wurfbereit. Ich war mir so sicher, dass ich Charlie vor mir hatte! Und als ich dann merkte, dass es jemand anders war, war es schon zu spät.«

Keiner wusste, was er sagen sollte.

»Ich komme gerade von Mrs Sharkey«, fügte Danny leise hinzu.

»Und was hat sie gesagt?«, erkundigte sich Fire besorgt.

Danny machte einen tiefen, bebenden Atemzug. »Ich dachte, sie würde mich von der Schule werfen«, sagte er mit zitternder Stimme. »Und das wäre vermutlich auch passiert, wenn ich bisher nicht so gut mit Mr Timms ausgekommen wäre. Mrs Sharkey ließ keinen Zweifel daran, dass ich es allein Mr Timms zu verdanken hätte, dass ich noch eine zweite Chance bekomme.« Er starrte auf seine Hände. »Und er durfte auch meine Strafe bestimmen«, ergänzte er trocken.

Fire legte eine Hand auf Dannys Schulter. »Mensch, das tut mir ja so leid«, sagte er. »Wenn ich dir nichts von der geplanten Kissenschlacht erzählt hätte, wäre das alles nicht passiert.«

»Ach was, du kannst nichts dafür«, erklärte ihm Danny

bestimmt. »Und ich werde es überleben, obwohl es sicher nicht einfach werden wird. Ich hatte ja zuvor schon wenig Freizeit, aber jetzt habe ich gar keine mehr. Ich muss Mr Timms assistieren, wann immer er mich braucht, und sein Tonstudio in Ordnung halten. Benutzen darf ich selbst es in diesem Trimester allerdings nicht mehr. Dabei wollte ich Charlies Part von *Conversation Piece* aufnehmen, um dann mit diesem Band zu üben. Aber das kann ich jetzt vergessen!«

Fire schüttelte den Kopf. »Mist, das ist echt blöd!«

»Ja. Und außerdem hab ich kaum noch Zeit, *überhaupt* etwas für das Konzert einzuüben. Aber Hauptsache, ich darf an der Schule bleiben.« Er versuchte zu lächeln, doch der Versuch misslang kläglich und er musste rasch schlucken, um nicht in Tränen auszubrechen.

»Wir werden dir alle helfen«, versicherte Chloe ihm. »Und wenn wir es den anderen sagen, werden sicher die meisten so nett sein und ihren Krempel selbst aufräumen, damit du nicht so viel zu tun hast. Sollten sie ja sowieso.«

Ed warf einen Blick auf die Uhr. »Hey, Leute, wir müssen los, sonst kommen wir zu spät zur ersten Stunde«, sagte er bedauernd.

»Herrje, ich weiß nicht einmal, was wir als Erstes haben«, stöhnte Danny und rieb sich seine müden, brennenden Augen.

»Erdkunde«, erklärte Chloe. »Danach sind wir für eine Stunde im Tonstudio.«

Danny stöhnte erneut. Er war sich nicht sicher, ob er Mr Timms so schnell wieder unter die Augen treten wollte, nachdem er ihn vorhin erst in Mrs Sharkeys Büro gesehen hatte.

Doch es war ganz okay. Mr Timms machte keine Anspielung auf Dannys Missetat und die meisten Mitschüler interessierten sich viel zu sehr für den Stoff, als dass ihnen Dannys rot geränderte Augen und sein blasses Gesicht aufgefallen wären oder gar die Tatsache, dass Mr Timms heute eine andere Brille trug.

»Das ist ein Neumann-Mikrofon, ein sogenanntes Kondensatormikrofon«, erklärte Mr Timms der Klasse. »Es gibt natürlich billigere Mikrofone, aber das hier ist bei Profisängern Standard. Ihr seht, dass es mittels einer elastischen Aufhängung am Ständer angebracht ist …«

»Warum?«, fragte Chloe, die sich brennend für alles interessierte, was mit Singen zu tun hatte.

»Bei einer Aufnahme wollen wir auf keinen Fall irgendwelche Fremdgeräusche haben«, erklärte Mr Timms. »Es wirkt sich schon störend aus, wenn nur der Fußboden vibriert, doch das wird durch diese elastische Aufhängung verhindert und die Aufnahme klingt sehr viel sauberer. Schließlich besteht auch die Stimme aus Vibrationen, allerdings wollen wir nur diese aufnehmen, sonst nichts. – Und was ist mit diesem Stoffstück vor dem Mikrofon? Was hat es eurer Meinung nach für eine Funktion?«

»Soll es die Stimme weicher machen?«, fragte Pop, auch eine eifrige Sängerin.

»Ja, fast richtig«, erwiderte Mr Timms. »Die harten Laute unserer Sprache wie t, p oder ch sind für ein hochsensibles Mikrofon wie kleine Explosionen. Dieses Textilstück dämpft nicht nur zum Teil die Vibrationen dieser Explosionen, sondern es schützt das Mikrofon auch vor Spucke.«

»Igitt!«, rief jemand von hinten.

Mr Timms blickte irritiert auf und Danny war heilfroh, dass diesmal nicht er der Sündenbock war.

»Im Inneren des Mikrofons ist eine dünne Goldmembran gespannt – ein weiterer Grund dafür, dass dieser Teil des Equipments recht teuer ist und man sehr behutsam damit umgehen sollte«, fuhr er fort. Er griff nach einem Stapel Papiere. »Auf diesen Arbeitsblättern findet ihr weitere Informationen über Mikrofone und ihre Funktionsweise. Lest sie als Hausaufgabe sorgfältig durch und beantwortet die Fragen am Ende. Nicht drängeln!«, fügte er warnend hinzu, als alle nach vorn stürmten, um sich eines der Blätter zu nehmen. »Passt auf das Mikrofon auf!«

Im Laufe der nächsten Tage erfuhr Danny sehr genau, worauf Mr Timms besonderen Wert legte. Er war ein wahrer Perfektionist und hatte für alles eine spezielle Methode, angefangen vom Aufwickeln der Kabel bis zum Einstellen der Sound-Levels. Sein Tonstudio musste immer penibel aufgeräumt sein. Dannys Arbeit dort war eigentlich als Strafe gedacht gewesen und es verschlang tatsächlich den größten Teil seiner Freizeit. Doch abgesehen davon, dass er sich große Sorgen machte, weil Charlie sich standhaft weigerte, mit ihm *Conversation Piece* einzuüben, stellte Danny fest, dass es ihm großen Spaß machte, so viel Zeit mit Mr Timms zu verbringen.

Seine häufige Anwesenheit im Tonstudio führte auch dazu, dass Charlie und er sich kaum noch in die Quere kamen. Danny merkte, dass Mr South Charlie offenbar ins Gewissen geredet hatte, denn er schien viel weniger versessen darauf, Danny bei jeder nur denkbaren Gelegenheit zu schikanieren.

Zum Glück war Mr Timms kein nachtragender Mensch, außerdem hatte er längst begriffen, dass Danny sich wirklich ernsthaft für sein Fachgebiet interessierte.

»Siehst du, hier hat sie etwas ausdruckslos gesungen«, erklärte Mr Timms ihm eines Abends, als sie am Mischpult saßen und eine Aufnahme von diesem Tag bearbeiteten. »Aber wenn man den Sound durch diese Box laufen lässt, kann man die Stelle verändern, bis die Stimme so klingt, wie sie klingen sollte.«

Danny hörte ihm aufmerksam zu. Mr Timms drehte an einem Schalter und bearbeitete die Mädchenstimme mit dem Auto-Tuner, einem Programm zur automatischen Tonhöhenkorrektur, bis sie haargenau passte.

»Aber natürlich ist es sehr viel besser, wenn jeder Ton von Anfang an stimmt«, erklärte Mr Timms Danny. »Dieses Vorgehen ist jedoch ganz nützlich, wenn die Aufnahme ansonsten gut ist und man nur vereinzelt kleinere Bearbeitungen vornehmen muss.«

»Ist das nicht … so etwas wie schummeln?«

»So könnte man es natürlich sehen«, erklärte Mr Timms achselzuckend. »Aber heutzutage erwartet kein Mensch, dass eine Studioaufnahme mit einem Liveauftritt vergleichbar wäre. Bei einem Liveauftritt kann sich natürlich immer der eine oder andere nicht ganz richtige Ton einschleichen, aber dafür spürt man die Begeisterung des Musikers und die Energie, die er auf der Bühne versprüht. Im Studio geht es dagegen um Perfektion. Du darfst nicht vergessen, dass jeder Liveauftritt einmalig ist, während man sich eine CD Dutzende von Malen hintereinander anhören kann.«

»Ich denke, wenn man denselben Song mehrmals hört, stören einen Fehler mit der Zeit gewaltig«, sagte Danny.

»Das ist richtig«, stimmte Mr Timms ihm zu.

»Ich spüle jetzt unsere Becher«, sagte Danny und Mr Timms bedankte sich mit einem Nicken und einem Lächeln.

Es war Zeit für die Hausaufgaben und Fire und Ed waren gekommen, um Danny im Tonstudio abzuholen.

»Eigentlich macht es richtig Spaß«, gestand Danny mit einem Grinsen, als er das Wasser aus dem Spülbecken abließ und sich die Hände abtrocknete. »Wenn ich nicht unbedingt Drummer werden wollte, könnte ich mir vorstellen, Toningenieur zu werden. Die Arbeit im Tonstudio ist super.«

Gemeinsam gingen die drei Jungen zu ihrem Wohnhaus und dort in den Hausaufgabenraum. Charlie und Harry saßen bereits da.

»Sag mal, warum stellst du dein Bett nicht gleich ins Tonstudio?«, fragte Harry feixend. »Du bist doch ständig dort, um für Mr Timms Sklavenarbeit zu erledigen.«

»Er bringt mir eine Menge bei«, entgegnete Danny pampig. »Wesentlich mehr, als du jemals lernen wirst.«

Charlie verzog angewidert das Gesicht. »Tolle Strafe!«, zischte er. »Wahrscheinlich scharwenzelst du so eifrig um Timms herum, dass er bald denkt, du seist das Größte seit der Erfindung der Digitalaufnahme!«

Achselzuckend wandte sich Danny von ihnen ab. Er bereute, dass er überhaupt etwas gesagt hatte. Vielleicht würde Charlie ihn nun wieder piesacken. Und da das Konzert immer näher rückte, konnte er es sich wahrlich nicht leisten, dass noch etwas schieflief.

Der Tag der Konfrontation

Wenige Tage vor dem Schulkonzert ging Danny mit Chloe den Korridor hinunter, als Charlie plötzlich um die Ecke bog. Chloe war überrascht, wie freundlich Danny ihn begrüßte.

»Hallo, Charlie! Hast du nicht Lust, heute Nachmittag mit mir unser gemeinsames Stück durchzugehen?«

Charlie blickte mindestens so überrascht drein wie Chloe. »Wann?«, fragte er verdutzt.

»Ich kann nur um sechs«, erklärte Danny.

Ein Grinsen huschte über Charlies Gesicht. »Nee«, sagte er, »geht nicht. Um diese Zeit kommen die *Simpsons*, du Loser.«

Charlie schob sich an ihnen vorbei und schlenderte weiter. Chloe blickte ihm nach. Als sie sich wieder zu Danny umwandte, wäre sie beinahe mit Judge Jim Henson zusammengestoßen.

»Charlie!« Judge Jims Stimme war sanft, doch seine Augen blitzten vor Zorn. Er musste die kurze Unterhaltung mitbekommen haben.

Charlie kehrte um, ohne eine Miene zu verziehen.

»Lieblingssendungen im Fernsehen können warten«, erklärte Judge Jim ihm. »Sei um Punkt sechs mit deinem Instrument im Hauptraum des Rockmusikgebäudes. Bring ruhig dein eigenes Schlagzeug mit, da du in diesem Punkt ja offenbar etwas eigen bist. Ein Proberaum wäre für zwei Schlagzeuge ohnehin zu klein. Danny kann das schuleigene Schlagzeug benutzen. Und untersteh dich, *nicht* zu kommen!«, fügte er kühl hinzu. »Ich werde in meinem Büro sein und alles hören.«

»Okay«, brummte Charlie und verzog sich nach einem giftigen Blick auf Danny.

»Da hattest du aber Glück«, sagte Chloe zu Danny, nachdem auch Judge Jim gegangen war.

»Oh, nicht direkt«, erwiderte Danny. Zum ersten Mal seit Langem sah Chloe ihn schmunzeln. »Ich habe zufällig über Charlies Schulter hinweg gesehen, dass Judge Jim aus dem Proberaum kam, und habe gehofft, dass er unser Gespräch hören würde.«

»Du Schlitzohr!«, quietschte Chloe. »Ich wusste gar nicht, dass du so hinterhältig sein kannst!«

»Es war nicht geplant«, versicherte ihr Danny mit großem Ernst. »Ich wollte Charlie wirklich fragen, ob wir nicht endlich zusammen üben wollen. Wir müssen das Stück mindestens *ein Mal* zusammen durchspielen, allein schon wegen des Timings. Aber natürlich war mir klar, dass er mir einen Korb geben würde. Als ich dann Judge Jim sah, dachte ich, das wäre eine gute Gelegenheit, um Charlie dazu zu zwingen.«

»Jede Wette, dass Charlie ganz anders reagiert hätte, wenn er geahnt hätte, dass ein Lehrer mithört«, grinste Chloe schelmisch. »Du hast ihn super überlistet.«

»Er ist echt bescheuert!«, sagte Danny. »Wir müssen das Stück unbedingt gemeinsam üben, sonst wird es eine schauderhaft schlechte Aufführung werden. Aber so, wie Charlie im Moment drauf ist, wird *Conversation Piece* sowieso keine Konversation, sondern ein Duell.«

»Du kannst nichts dafür«, sagte Chloe. »Jeder wird merken, dass du dir mit deinem Part die größte Mühe gibst.«

»Das ist ja alles schön und gut«, entgegnete Danny sachlich. »Aber wenn ich viel besser spiele als Charlie, fühlt er sich wieder bloßgestellt und hasst mich in Zukunft noch mehr.«

Die Probe im Rockmusikgebäude führte Danny nur vor Augen, wie viel Zeit sie eigentlich noch in das Stück *Conversation Piece* investieren müssten, damit es sich einigermaßen passabel anhören würde. Charlie hatte das Stück offenbar bereits geübt. Aber obwohl er anfangs recht vernünftig spielte, ging sein Temperament bald wieder mit ihm durch und er stellte sich quer, wann immer er konnte.

Danny hoffte inständig, Judge Jim würde sich irgendwann einmischen, doch er kam erst, als sie fast fertig waren.

»Was ist wichtiger?«, fragte er die beiden Jungen, während Charlie sein Schlagzeug abbaute. »Eine gute Aufführung hinzulegen oder möglichst viele Punkte?«

Danny war so frustriert über Charlies mangelnde Bereitschaft zur Zusammenarbeit, dass er kurz davor war, zu explodieren. Aber er sah ein, dass es nicht der richtige Zeitpunkt war, einen Streit vom Zaun zu brechen. Deshalb schwieg er lieber und Charlie ließ auch nur den Kopf hängen.

Danny musste sich beeilen, um ins Tonstudio zu kommen. Er hatte Mikrofone an einem Schlagzeug zu montieren, da eine Band kommen sollte, um einen neuen Song aufzunehmen. Als Danny wenig später atemlos das Tonstudio betrat, war er noch immer stinksauer auf Charlie.

Er holte die Kabel aus dem Schrank, wo sie ordentlich aufgewickelt aufbewahrt wurden, und begann, die Mikrofone an den richtigen Stellen am Schlagzeug zu befestigen. Nach und nach beruhigte er sich etwas und vergaß seine Sorgen, da er sich voll und ganz auf diese Aufgabe konzentrieren musste.

Als wenig später die Tür aufging, blickte Danny gar nicht auf. Es war sicher Mr Timms oder vielleicht auch Judge Jim, die sich beide freuen würden zu sehen, dass Danny schon vor ihnen da war und fleißig aufbaute. Deshalb war er, als er irgendwann aufblickte, mehr als überrascht und auch erschrocken, als er Charlie Owen erkannte, der mit einem selbstzufriedenen Grinsen im Gesicht dastand und etliche Kabel in der Hand hielt.

»Was willst du?«, fragte Danny argwöhnisch.

»Dachte mir, dass du die hier vielleicht brauchst«, sagte Charlie. Er ließ die Kabel auf den Boden fallen und kickte sie durch die Gegend.

»Nicht!«, rief Danny. »Mr Timms wird jede Sekunde hier sein.«

»Wird er nicht«, sagte Charlie mit einem boshaften Grinsen. »Hab ihn gerade ins Rockmusikgebäude gehen sehen. Damit legst du mich nicht herein!« Er machte Anstalten, um den knienden Danny und das Schlagzeug herumzugehen, wobei er ein langes Kabel hinter sich herzog.

»Himmel, was für ein Chaos«, sagte er höhnisch. »Sag mal, solltest du nicht dafür sorgen, dass das Studio immer schön ordentlich ist?«

Danny biss die Zähne zusammen. Nein, er würde sich von Charlie nicht provozieren lassen, das würde alles nur noch schlimmer machen. »Sollen wir morgen noch einmal miteinander proben?«, fragte er in der Hoffnung, Charlie mit dieser Frage davon abhalten zu können, noch mehr Chaos anzurichten.

»Pah! Hab ich nicht nötig!«, erklärte Charlie angeberisch. »Bei mir wird alles klappen. Ich war so clever, eine Aufnahme zu machen, bei der ich deinen Part gespielt habe, und mit der habe ich die ganze Zeit geübt.« Sein Grinsen wurde noch breiter. »Jammerschade, dass du das nicht machen konntest, weil du das Tonstudio derzeit nicht benutzen darfst, du Ärmster!«

»Trotzdem sollten wir vor dem Konzert noch eine weitere gemeinsame Probe machen«, versuchte Danny ihn zu überreden.

»Das kannst du vergessen!«, antwortete Charlie ungerührt und rollte das Stromkabel noch weiter ab, während er durch das Studio schlenderte. »Ein genialer Drummer wie du kann sich doch sicher bis zum Konzert gedulden.«

»Mensch, bist du ein Blödmann!«, rief Danny, der allmählich die Beherrschung verlor. »Du ruinierst alles! Und hör endlich auf, diese ganzen Kabel auszulegen!«

Charlie grinste ihn heimtückisch an. »Hast sicher Bammel, der gute Timms könnte ein klitzekleines bisschen sauer werden, hm?« Nach diesen Worten verknotete er das Ende des Kabels zu einer Schlinge und warf es aus. Es traf eines der Mikrofone und es fiel scheppernd zu Boden.

»Hör sofort auf! Die Sachen hier sind unheimlich teuer!«, rief Danny und hob besorgt das Mikrofon auf.

Doch Charlie dachte gar nicht daran. Er hatte eine Schlinge in ein weiteres der langen Kabel gebunden und schwang es nun wie ein Lasso über seinem Kopf. »Jede Wette, dass ich es dir über den Kopf werfen kann!«, brüllte er. Vorsichtshalber machte er die Schlinge jedoch noch ein bisschen größer.

»Charlie! Lass das!«, rief Danny, der sich inzwischen größte Sorgen um das Equipment und auch um sich selbst machte. Er sprang auf und versuchte, einen möglichst großen Abstand zwischen sich und das Schlagzeug zu bringen, doch da sauste das Kabellasso bereits auf ihn zu. Mit einem gefährlichen Surren schwirrte es durch die Luft und Danny hielt vor Schreck den Atem an. Was zum Kuckuck würde Charlie wohl tun, wenn es ihm tatsächlich gelang, die Schlinge um Danny zu werfen?

Danny duckte sich geistesgegenwärtig und das Lasso streifte nur seine Schulter und fiel zu Boden, knapp neben dem Schlagzeug.

»Du Idiot!«, brüllte Danny. »Das ist doch gar nicht *mein* Schlagzeug!«

»Weiß ich, aber du bist trotzdem dafür verantwortlich, oder?«, grinste Charlie. »Und die Drums und Becken scheinen ja ständig auseinanderzufallen, wenn du in der Nähe bist. Es war ganz schön leichtsinnig von dir, dein Schlagzeug neulich in der Mittagspause unbeaufsichtigt herumstehen zu lassen, meinst du nicht auch? Was da alles passieren kann …«

»Ha, ich wusste, dass *du* es warst!«, brüllte Danny wutentbrannt.

»Und du Dummkopf hast nicht mal gemerkt, dass ich sämtliche Schrauben gelockert hatte, bis du angefangen hast zu spielen!«, prustete Charlie. »Ich hätte mich totlachen können!« Er zog das Lasso zurück und schwang es erneut über dem Kopf. »Gleich hab ich dich!«, brüllte er, als er seinen zweiten Wurfversuch machte.

Unter Dannys entsetzten Blicken verfehlte Charlie sein

Ziel auch diesmal. Doch statt auf ihm oder zumindest in seiner Nähe zu landen, traf es das wertvolle Neumann-Mikrofon.

Dann passierte plötzlich alles auf einmal. Das Mikrofon schwankte beängstigend auf seinem Ständer hin und her. Danny machte einen Satz, um es aufzufangen. Er war noch mitten im Sprung, als Mr Timms zur Tür hereinstürmte, das Gesicht vor Wut verzerrt.

Das Konzert

»Was macht ihr da?«, schrie Mr Timms in dem Moment, als sich Dannys Hand um den Mikrofonständer schloss.

Und es war *noch* eine Stimme zu hören, die eindeutig aus dem Studiolautsprecher kam.

»Sofort aufhören!« Es war Judge Jim.

Danny blickte zum Kontrollraum und sah hinter der Trennscheibe ein wutverzerrtes Gesicht. So außer sich hatte er den normalerweise coolen Rockgitarristen noch nie erlebt!

Behutsam und mit zittrigen Händen brachte Danny den Mikrofonständer wieder ins Gleichgewicht. Das hochempfindliche Mikrofon war von Charlies Wurf hart getroffen worden. Es hing in einem schiefen Winkel in der elastischen Aufhängevorrichtung. Dannys Herz zog sich schmerzhaft zusammen und er wäre am liebsten auf den Boden gesunken und hätte geheult. Wieder einmal sah es so aus, als wäre er der allein Schuldige, während Charlie ungeschoren davonkam. Nun würde er mit Sicherheit von der Rockley Park Schule fliegen!

Doch weder Judge Jim noch Mr Timms beachteten Danny. Ihre ganze Empörung richtete sich gegen Charlie Owen.

»Diese mutwillige Beschädigung fremden Eigentums wird streng bestraft werden«, erklärte Judge Jim mit vor Wut bebender Stimme. »Als Erstes werde ich an deinen Vater schreiben. Komm in den Kontrollraum!«

Charlie gehorchte ohne Widerworte und mit aschfahlem Gesicht.

»Dein Benehmen in diesem Trimester war mehr als abscheulich«, sagte Judge Jim, dessen Stimme noch immer klar und deutlich durch das Studiomikrofon zu hören war. »Schau dir an, was du angerichtet hast …« Er deutete auf das Durcheinander im Tonstudio. »… und wie ich gerade aus deinem eigenen Mund erfahren habe, hast du vor der Tanzprobe Dannys Schlagzeug sabotiert. Dafür gibt es keine Entschuldigung. Pech für dich, dass die Mikrofone eingeschaltet waren und wir alles mithören konnten. Wenn es nach mir ginge, würdest du noch heute von der Schule fliegen! Geh in mein Büro und warte dort auf mich!«

Nachdem sich Charlie aus dem Studio geschlichen hatte, kam Judge Jim zu Mr Timms und Danny.

»Funktioniert es noch?«, fragte er Mr Timms, der das Neumann-Mikrofon vorsichtig untersuchte.

»Hoffen wir's«, erwiderte Mr Timms. »Ich teste es, sobald es wieder richtig aufgehängt ist.«

Nun wandte sich Judge Jim an Danny. »Aus dem, was Mr Timms und ich mit angehört haben, schließe ich, dass du schuldlos bist an allem, was vorgefallen ist«, sagte er. »Ich hatte gehofft, eure gemeinsame Liebe zur Musik würde dich und Charlie zusammenbringen. Und dass euer dummer Konkurrenzkampf ein Ende hätte, wenn ihr für das Konzert üben müsstet. Aber leider habe ich mich getäuscht.«

Judge Jim wirkte erschöpft, richtig niedergeschlagen.

»Schon gut«, fügte er etwas sanfter hinzu, als er Dannys besorgte Miene sah. »Ich weiß, dass du es versucht hast, doch ich habe eingesehen, dass es nicht funktioniert. Du musst nicht mit Charlie Owen auftreten.«

Am Morgen des Schulkonzerts wachte Danny früh auf. Zuerst lag er einige Minuten reglos in seinem Bett und hörte, wie die Zentralheizung ansprang. Der Heizkörper in der Nähe seines Betts begann zu ticken, als er sich aufwärmte. Noch im Halbschlaf klopfte Danny das Ticken auf seiner Decke mit. Er nahm das Geräusch auf und ging mit, wobei er hin und wieder ein paar Verzierungen einstreute, um den Rhythmus des Heizkörpers zu variieren. Nach einer Weile hörte er mit seinem fast lautlosen Trommeln auf und gähnte. Dann schwang er die Beine aus dem Bett und stand so leise wie möglich auf, um seine Zimmergenossen nicht zu stören.

An Konzerttagen fiel der reguläre Unterricht aus und Mr Timms hatte Danny auch von seinem Strafdienst im Tonstudio entbunden, sodass Danny an diesem Morgen nach Herzenslust üben konnte. Jetzt, wo er wach war, konnte er es kaum erwarten, sich an sein Schlagzeug zu setzen. Deshalb duschte er nur kurz und lief dann nach unten.

Nur wenige Schüler waren bereits unterwegs, die meisten würden erst später auftauchen. Als Danny zu den Proberäumen ging, traf er auf Tony Jackson, einen Drummer der Abschlussklasse.

»Du spielst doch bei Rosies Experimentierstück für die Junioren-Tanzgruppe mit, nicht wahr?«, fragte Tony.

»Ja.« Danny nickte schüchtern.

»Ich bin sehr gespannt darauf«, sagte der ältere Junge. »Und ich hoffe, dass alles gut läuft. Toi, toi, toi!« Er öffnete die Tür zum ersten Raum und verschwand dahinter. Danny schaute ihm bewundernd nach.

Tony Jackson hat mir Glück gewünscht!, dachte Danny. *Wow!*

Das war ein gutes Omen für diesen Tag. Tony Jackson war Jazz-Drummer und würde bald auf die Musikhochschule wechseln. Er galt als hochbegabt, selbst nach den strengen Maßstäben von Rockley Park, und spielte bereits in einer Profiband.

Danny ging in seinen Proberaum und setzte sich an sein Schlagzeug. *Tja, letzter Versuch,* sagte er sich. *Ich werde mein Bestes geben.*

Obwohl Judge Jim gesagt hatte, er brauche nicht mit Charlie aufzutreten, und trotz ihrer Feindschaft hatte Danny darauf bestanden, mit Charlie zusammen zu spielen.

Fire und die anderen hatten ihn für verrückt erklärt. Hatte er es nicht von Anfang an schrecklich gefunden? Hatte Charlie ihm nicht einen üblen Streich nach dem anderen gespielt? Warum wollte er jetzt plötzlich mit jemandem auftreten, der ihm das Leben zur Hölle gemacht hatte?

Danny wusste selbst nicht, warum er auf einmal so stur war. Aber er hatte noch nie gerne aufgegeben. Und er wusste, dass Charlie ein talentierter Drummer war. Es machte ihn schrecklich wütend, dass Charlie genau das vermasseln wollte, was er wirklich gut konnte, und das nur, weil er neidisch auf ihn war. Irgendwann hätte seine Freude an der Musik doch die Oberhand gewinnen müssen, oder? Das hatte auch Judge Jim gehofft, aber es hatte nicht geklappt.

Da Charlie nicht mehr wagte, die Zusammenarbeit mit Danny zu verweigern, war es leichter gewesen, ihn zu Proben zu überreden. Doch Judge Jim hatte Danny gewarnt, dass das noch lange keine Garantie dafür war, dass ihr Auftritt ein Erfolg werden würde.

»Du kannst ihn mit Gewalt an sein Schlagzeug schleppen«, hatte er gesagt, »aber du kannst ihn nicht zwingen, so begeistert zu trommeln, dass er alles andere vergisst, und genau das wäre nötig. Ich hätte volles Verständnis dafür, wenn du den gemeinsamen Auftritt absagen würdest.«

Doch Danny war nicht bereit, abzusagen. Allerdings hatte er bis zum heutigen Tag bei Charlie nicht viel erreicht.

Behutsam fuhr Danny mit den Fingerspitzen über die Trommeln und Becken. Er sollte im Moment besser nicht an Charlie denken. Er musste auch seine anderen Stücke noch einmal durchgehen. Entschlossen drückte er die Schultern durch und begann zu spielen.

Sein knurrender Magen ließ ihn schließlich aufhören und er ging, zufrieden mit sich, in die Cafeteria. An diesem Morgen nahm sich niemand Zeit für ein ausgiebiges Frühstück. Alle Schüler aßen hastig und liefen dann wieder davon, um ihren Konzertbeiträgen den letzten Schliff zu geben. Fire hatte offenbar bereits gefrühstückt und war sicher schon im Tanzstudio. Chloe, Pop und Lolly wollten gemeinsam einen Song präsentieren und waren im Moment bestimmt auf ihrem Zimmer, um zu beraten, was sie anziehen würden. Ed und Ben, die zusammen ein Duett auf ihren akustischen Gitarren spielen wollten, waren sicher auch fleißig am Üben. Tara war die Einzige von Dannys Clique, die noch in der Cafeteria saß. Danny ging zu ihr und fragte, wie sie sich fühle.

»Echt, es tut mir immer noch leid, dass ich nicht mit euch spielen kann, Tara«, sagte er. »Wie läuft's mit Charlie?«

Tara zog einen Mundwinkel hoch. »Na ja, besser … in letzter Zeit.«

»Er ist wirklich ein guter Drummer«, sagte Danny. »Zumindest, wenn er voll bei der Sache ist.«

»Stimmt, das ist er.« Tara erhob sich und wollte schon gehen, zögerte dann aber. »Du, Danny?«

»Was ist?«

»Neulich hat Charlie mich gefragt, was man tun kann, wenn man mit jemandem zerstritten ist.«

Danny war überrascht. »Echt? Und was hast du ihm geantwortet?«, fragte er.

»Hm, nicht viel«, entgegnete Tara achselzuckend. »Ich war zu verblüfft. Charlie ist normalerweise tierisch von sich eingenommen, aber in dem Moment klang er, als meinte er seine Frage ernst. Ich denke, dass er sein Verhalten dir gegenüber bereut, aber nicht weiß, wie er die Sache wieder in Ordnung bringen kann.«

»Tja, das kann ich ihm nicht abnehmen.«

»Ich weiß.« Tara zögerte. »Ich wollte es dir nur sagen. Das ist alles.« Sie hob die Hand. »Bis später.«

Komisch, aber an Konzerttagen waren alle anders als sonst. Tara, die normalerweise eine richtige Kratzbürste war, versuchte auf einmal, eine Brücke zwischen ihm und Charlie zu schlagen. Erstaunlich!

Na schön, wenn er sich mit mir versöhnen will, dann weiß er ja, wo er mich findet, dachte Danny, als er zum Proberaum marschierte, um sein Schlagzeug zu holen und in den Theatersaal zu schleppen.

Die Tür von Tony Jacksons Proberaum stand sperrangelweit offen. Danny spähte hinein und sah, dass Tony gerade sein Schlagzeug abbaute.

»Weißt du was?«, rief er, als er Danny entdeckte. »Du kannst meines benutzen, wenn du magst.«

Danny starrte ihn verdutzt an. »Im Ernst?« Die meisten

Musiker waren sehr eigen, wenn es um ihre Instrumente ging, und hassten es, wenn ein anderer sie auch nur anfasste – von spielen ganz zu schweigen.

»Klar, warum nicht? Ich spiele drei Stücke und du auch. Da ist es doch vernünftig, dass wir uns ein Schlagzeug teilen … und ich vermute, meins ist etwas besser als deins.«

Danny nickte. Das traf wohl zu. »Bist du dir ganz sicher?«

Tony lachte. »Klar! Sonst hätte ich es dir nicht angeboten. Es ist ideal für Rosies Musik.« Er klopfte mit den Fingern auf seine kleine Trommel. »Hm, wenn du deine anderen Stücke spielst, montierst du vielleicht besser deine eigene Snare-Drum statt meiner und vielleicht auch ein paar mehr Becken, weil du ja Rock spielst und keinen Jazz. Doch davon abgesehen dürfte alles klargehen. Ich weiß, dass du korrekt spielst, auch bei Rockmusik«, fügte er hinzu, weil Danny noch immer völlig verdattert dreinschaute. »Du bist der Star von morgen. Das weiß jeder.«

Danny errötete vor Freude. »Danke … vielen Dank«, stammelte er.

»Aber umsonst kriegst du mein Kit natürlich nicht, Kumpel. Ich will etwas dafür haben«, fuhr Tony fort. Mutlos ließ Danny den Kopf hängen. Jetzt, am Monatsende, konnte er sich nicht einmal mehr einen Schokoriegel leisten. »Du musst mir helfen, es in den Theatersaal zu schleppen«, fügte Tony hinzu.

»Oh, klar, kein Problem.«

Tony grinste Danny an. »Gut, dann lauf los und hol

deine Lieblingsbecken, bevor ich hier alles zerlegt habe. Dann können wir gleich noch testen, welche sich an meinem Kit am besten anhören.«

An Konzerttagen waren die Schüler immer netter zueinander als sonst, dennoch gab es etliche vor Überraschung hochgezogene Augenbrauen, als sich herumsprach, dass Tony Jackson einem Schüler der Unterstufe erlaubte, sein wertvolles Drum-Kit zu spielen – auch wenn es sich dabei um Danny James handelte.

»Niemand wird es wagen, an meinem Schlagzeug herumzupfuschen«, erklärte Tony, als Danny ihm dabei half, sein Instrument im Theatersaal aufzubauen.

»Hoffen wir's!«, sagte Danny besorgt.

»Ganz bestimmt nicht«, versicherte ihm Tony mit grimmiger Miene. »Ich habe mir diesen Charlie Owen bereits vorgeknöpft. Weißt du«, fügte er lachend hinzu, als er Dannys besorgte Miene sah, »ich möchte, dass Rosies Stück exzellent begleitet wird, ohne unliebsame Zwischenfälle!«

Danny lief feuerrot an. Er hatte nicht gewusst, dass sich sein Schlagzeug-Missgeschick schon bis in die Oberstufe herumgesprochen hatte.

Judge Jim stand auf der Bühne und koordinierte die Vorbereitungen. Er nickte anerkennend, als er Tony und Danny zusammen sah.

»Das erspart eine Menge Hin und Her während des Konzerts«, sagte er. »Gute Idee!«

Die ersten Zuschauer – Lehrer, Eltern und die Schüler,

die erst später auftreten würden – strömten bereits in den Theatersaal, als Danny merkte, dass er seine Schlagzeughandschuhe vergessen hatte.

»Ich muss sie schnell holen«, sagte er zu Fire, der Aufwärmübungen machte. »Sonst hab ich morgen Blasen an den Fingern.« Er wandte sich zum Gehen und wäre um ein Haar mit Charlie zusammengestoßen. Die beiden Jungen beäugten sich betreten.

»Warum spielst du auf Tony Jacksons Kit?«, fragte Charlie pampig.

Danny zuckte nur mit den Schultern und sah Charlie in die Augen. »Weil er es mir angeboten hat«, sagte er dann. »Warum? Hast du ein Problem damit?«

Charlie schüttelte den Kopf. »Nö«, brummte er unsicher. »Ähm … nein.«

»Ich muss noch schnell etwas holen«, erklärte Danny ihm. »Das Konzert fängt gleich an. Entschuldige.«

Danny rannte in sein Zimmer, schnappte sich die Handschuhe und eilte wieder zurück. In wenigen Minuten musste er sein Solo spielen, das den Auftakt des Konzerts bildete.

Danny holte mehrmals tief Luft, um sich zu beruhigen. Wie immer vor einer Aufführung war er nervös und angespannt. Doch sobald er hinter seinem Schlagzeug saß, war sein Lampenfieber wie weggeblasen. Heute jedoch schweiften seine Gedanken immer wieder ab, obwohl er sein Solo wirklich gut spielte. Viel wichtiger war ihm, Rosie und die Tanzgruppe nachher nicht zu enttäuschen.

Nach seinem Soloauftritt erklang ein warmer Applaus und er verbeugte sich, bevor er von der Bühne ging. Nun kamen mehrere andere Auftritte, bei denen er zuschauen konnte, bevor er selbst wieder auf die Bühne musste. Doch er konnte sich auf keinen davon konzentrieren. Er musste die Rim-Shots für die Tanzgruppe nachher unbedingt sauber hinbekommen!

Dann endlich war es so weit und er betrat mit Rosie zusammen die Bühne.

Im Theatersaal wurde es mucksmäuschenstill, als Fire und die anderen Tänzer ihre Plätze einnahmen. Sie waren alle zerlumpt gekleidet und mit militärischen Emblemen ausgestattet. Der Fachbereich Kunst hatte sich wirklich mächtig ins Zeug gelegt! Der Zuschauerraum lag völlig im Dunkeln, während die Bühne hell erleuchtet war, sodass man die Umrisse eines Dornbusches auf einer trostlosen, sandigen Kulisse, die den afrikanischen Busch darstellte, gut erkennen konnte.

Das Klavier und das Schlagzeug standen seitlich, damit die Tänzer auf der Bühne genügend Platz hatten. Rosie setzte sich ans Klavier und nickte Danny zu, zum Zeichen, dass er beginnen sollte. Diesmal war mit dem Schlagzeug alles in Ordnung und Danny spielte seinen Part ausgezeichnet. Auch als die Rim-Shots an die Reihe kamen, behielt er die Nerven. Tänzer und Musiker agierten in absoluter Harmonie und Fire sank so perfekt zu Boden, als wären die Rim-Shots echte Gewehrschüsse gewesen.

Am Ende der Vorführung gab es donnernden Applaus.

Rosie strahlte Danny triumphierend an und Fire streckte beide Daumen hoch, während er mit den anderen Tänzern an den Rand der Bühne trat, um sich zu verbeugen. Zufrieden und erleichtert wischte sich Danny den Schweiß aus den Augen. Zwei seiner Auftritte hatte er bravourös hinter sich gebracht, doch der schwierigste stand ihm noch bevor …

Das Schlagzeug-Duell

Danny versuchte sich zu entspannen, während er die Beiträge seiner Mitschüler verfolgte, aber leider konnte ihn nichts von den Sorgen ablenken, die ihm sein letzter Auftritt bereitete. Selbst Chloes wundervolle Stimme konnte ihn heute nicht in ihren Bann ziehen. Viel zu schnell – wie ihm schien – war es Zeit für *Conversation Piece*.

Ein Murmeln ging durch die Zuschauer, als ein zweites Schlagzeug auf der Bühne aufgebaut wurde. Ein Schlagzeug-Duo war höchst ungewöhnlich. Und da sich längst herumgesprochen hatte, dass zwischen Danny und Charlie Krieg herrschte, waren alle sehr gespannt auf diese Aufführung – den letzten Programmpunkt des Tages.

Vor Beginn des Konzerts hatte Judge Jim allen Teilnehmern Glück gewünscht, doch Danny hatte mitbekommen, wie er zu Charlie noch etwas sagte.

»Vergiss eure Differenzen, Charlie, und denk nur an deinen Part«, hatte er ihm barsch aufgetragen.

Danny hatte das Gesicht seines Rivalen in diesem Moment nicht sehen können. Würde Charlie es schaffen, sich an Judge Jims Anweisung zu halten? Große Hoffnungen machte er sich in diesem Punkt allerdings nicht.

Wie sie es geprobt hatten, sollten die beiden Jungen gleichzeitig auf die Bühne kommen, der eine von links, der andere von rechts. Danny war an seinem Platz, doch wo steckte Charlie?

Je länger Danny warten musste, umso nervöser wurde er. Was, wenn Charlie sich weigerte, auf die Bühne zu kommen? Geschähe ihm, Danny, vielleicht ganz recht. Warum war er so versessen auf dieses Duo mit Charlie gewesen, obwohl Judge Jim ihm geraten hatte, darauf zu verzichten?

Während er auf Charlie wartete, fühlte sich Danny schrecklich hilflos. Dann, als er gerade aufgeben wollte, gingen zwei Scheinwerfer an, jeder auf eines der Schlagzeuge gerichtet.

Dem Himmel sei Dank! Die Scheinwerfer waren der Einsatz, den er brauchte. Danny holte tief Luft und betrat die Bühne. Auf der anderen Seite tauchte zu seiner großen Erleichterung Charlie auf und das Publikum begann zu klatschen.

Die beiden Jungen nahmen Platz. Charlie fummelte noch kurz an seinem Hocker herum.

»Gut«, murmelte Danny vor sich. »Dann wollen wir mal sehen.« Er fuhr wie immer mit den Fingerspitzen behutsam über jede Trommel und jedes Becken und die Instrumente flüsterten zurück. Als Danny bereit war, hob er die Stöcke und wartete auf Charlies Einsatz.

Es dauerte eine halbe Ewigkeit, bis Charlie endlich nach seinen Stöcken griff. Einige Kinder im Publikum begannen schon zu quengeln und Dannys ganzer Körper war zum Zerreißen angespannt.

Charlie musste anfangen und Danny beobachtete seinen Gegner mit Argusaugen, falls dieser vorhatte, ihn hereinzulegen und ohne Vorwarnung loszulegen. Doch Charlie wusste sich ausnahmsweise zu benehmen. Er nickte seinem Rivalen unauffällig zu, hob die Drumsticks und begann. Die ersten Takte bestanden aus furiosen Beckenschlägen. Danach begann Charlie zu trommeln.

Es hätte eine Konversation sein sollen, ein Zwiegespräch. Charlie hätte einen kurzen Part spielen und dann warten sollen, bis Danny darauf reagiert hatte, bevor er zum nächsten Part überging. Aber es war nicht zu überhören, dass er seinen Groll noch längst nicht überwunden hatte. Er wartete nicht, bis Danny mit *seinem* Part fertig war, sondern setzte viel zu früh wieder ein. Das geschah so häufig, dass Danny das Tempo erhöhte, weil er es sonst nicht geschafft hätte, seine eigenen Sequenzen unterzubringen.

Danny spürte, dass er – ohne es zu wollen – immer wütender wurde. Charlies Timing war nicht so schlecht, er hatte es ganz klar darauf abgesehen, Danny bloßzustellen und ihm in den Rücken zu fallen. Aber Wut würde Danny in dieser Situation nicht weiterhelfen.

Mensch, Charlie, dachte Danny. *Sei doch nicht so blöd!*

Mit seiner Spielweise ruinierte Charlie das ganze Stück und ließ Danny dastehen, als sei er nicht gut vorbereitet. Er musste etwas tun! Er konnte es nicht zulassen, dass Charlie das Stück und ihn so kontrollierte.

Völlig unvermittelt setzte Danny zu einer wilden Trommeltirade an. Dabei ging er sein ganzes Equipment durch, angefangen von den Toms über die kleine Trommel bis zu sämtlichen Becken, während er das Ganze mit dem dumpfen, eindringlichen Hämmern seiner großen Trommel unterlegte. Und noch bevor sich Charlie von der Überraschung erholt hatte, übernahm Danny die Führung und spielte den nächsten Part. Auch dabei behielt er den Bassrhythmus extralaut bei, als wolle er damit unterstreichen, wie der Ablauf ursprünglich gedacht war. Charlie antwortete, doch sein Timing stimmte nicht und seine Schläge kamen mit einiger Verspätung, was den Eindruck erweckte, als wisse Charlie nicht, worum es eigentlich ging.

Danny spielte die nächste Phrase und Charlie antwortete darauf. Doch es war mehr ein Kampf, fast ein Sichauflehnen gegen das Stück. Jeder einzelne Zuhörer musste seinen Widerwillen bemerken. Jetzt trommelte er wieder über Danny hinweg, steigerte das Tempo und versuchte erneut, die Führung zu übernehmen. Danny behielt einen klaren Kopf und spielte verbissen weiter, wobei er sich an die Vorgaben hielt, gleichzeitig seinem Gegner jedoch eisern die Stirn bot. Jetzt, da er endlich die Führung hatte, war er wild entschlossen, sie auch zu behalten.

Auf, Junge!, drängte er sich und auch seinen Widersacher lautlos. *Lass deine Trommeln sprechen! Und spiel richtig! Schlag um Schlag!*

Es nützte nichts. Am Schluss hätten beide Schlagzeuger in einträchtiger Harmonie spielen sollen, doch Charlie schien entschlossen, bis zum bitteren Ende querzuschießen. Trotz Dannys Bemühungen klang der eigentliche Höhepunkt stotternd und abgehackt statt klar und harmonisch und das Publikum schien wenig begeistert. Ein kläglicher Applaus war alles, was die beiden Jungen für ihren Auftritt ernteten.

Die beiden verbeugten sich auf ihren Hockern. Dann erhob sich Charlie hinter seinem Schlagzeug, während Danny sitzen blieb. Charlie hatte es zwar nicht geschafft, ihn als Volltrottel dastehen zu lassen, aber zwischen ihnen beiden war alles noch so verfahren wie zuvor. Charlie hatte ihm mit seiner Feindseligkeit das ganze Trimester verdorben. Das konnte und wollte Danny nicht länger hinnehmen. Nein, sie mussten ihre Differenzen hier und jetzt beilegen – ein für alle Mal!

Ich will keinen Rivalen. Ich will trommeln!, dachte er wütend.

Da kochte seine Frustration über, und noch ehe er sich's versah, trommelte er eine Reihe aggressiver, herausfordernder Rim-Shots. Sie klangen perfekt, wie ein Hagel von Gewehrschüssen, sogar noch aufrüttelnder als vorhin in Rosies Stück.

Charlie zögerte.

Judge Jim stand unten in der ersten Reihe. Danny hatte gesehen, wie er sich gerade mit einem resignierten Gesichtsausdruck erhoben hatte. Nun aber setzte er sich wieder und blickte gespannt zur Bühne hoch.

Danny feuerte zwei weitere Rim-Shots ab. Im Zuschauerraum breitete sich verblüfftes Schweigen aus. Die Ersten waren bereits aufgestanden und machten Anstalten zu gehen, doch nun zögerten sie und fragten sich, was los war. Die Aufführung war doch zu Ende … oder?

Doch Danny vergaß das Publikum. Er konzentrierte sich darauf, mit Charlie auf die Art und Weise zu kommunizieren, von der er am ehesten etwas verstand. Er feuerte zwei weitere Rim-Shots in das betroffene Schweigen hinein. *Plätt! Plätt!*

Eine unmissverständliche Herausforderung! Wie würde Charlie darauf reagieren? Im ersten Moment sah es so aus, als würde er hochnäsig von der Bühne stolzieren und Danny die Antwort schuldig bleiben. Doch nach zwei weiteren Rim-Shots nahm er wieder Platz. Das Publikum hielt gespannt den Atem an.

Danny starrte Charlie über die leere Bühne hinweg an und wartete. Charlie nahm seine Stöcke zur Hand. Natürlich war er nicht so dumm, mit Rim-Shots zu antworten. Sie waren viel zu schwierig und schließlich der Auslöser dafür gewesen, warum er sich Danny unterlegen fühlte. Stattdessen schlug er einen beharrlichen Rhythmus auf seinen Tom-Toms. Beide Stöcke hämmerten gleichzeitig auf die Toms ein. *Päng, päng! Päng, päng! Päng, päng!*

Danny hörte kurz zu und nahm den Rhythmus dann auf seiner Bass-Drum auf. Jetzt spielten sie im selben Rhythmus. Es war ein schwerer, dumpfer Rhythmus, fast unerträglich intensiv. Wer von ihnen beiden würde zuerst ausbrechen?

Wieder war es Danny. Er nahm sich seine Becken vor und Charlie ließ sich von ihm führen. Nach einer Weile nahm Danny sich zurück und trat die Führung an Charlie ab, der auf alles einschlug, was ihm an Metall zur Verfügung stand. Er behielt das Tempo bei, als er zum Ride-Becken überging, doch anscheinend ohne eine Vorstellung, wie es weitergehen sollte. Er schaute zu Danny hinüber und wartete, was als Nächstes passieren würde.

Als Antwort darauf begann Danny das Pedal seiner Hi-Hat zu treten und sie anzuschlagen. Das sanfte, weiche *Ksch, tck! Ksch, tck!,* mit dem das obere Becken auf das untere auftraf, veränderte die Stimmung merklich.

Die beiden Jungen schauten sich an. Und ihr Schlagrhythmus veränderte sich. Sie spielten im gleichen Takt, pulsierend, und jeder wartete gespannt auf die nächste Variation.

Abwechselnd nahmen sie weitere Instrumente hinzu, Charlie sein Stand-Tom, Danny traktierte seine kleine Trommel. Charlie schlug auf sein Crashbecken ein und Danny auf sein Ride. Die Lautstärke steigerte sich, bis sie zu einer Kakofonie von Klängen anschwoll, so betäubend, dass einem fast das Herz stehen blieb und man nicht mehr klar denken konnte.

Inzwischen spielten sie jedes Instrument, das ihnen zur Verfügung stand, und ihre Schlagzeuge brüllten sich über die Bühne hinweg an.

Niemand war mehr in Führung, niemand hatte die Oberhand, doch der Sound war leidenschaftlich, von einer quälenden Intensität und ohrenbetäubend laut. Und er wurde immer lauter, strebte auf einen unvermeidbaren Höhepunkt zu.

Den beiden Jungen lief der Schweiß herunter, als sie sich nun das Herz aus dem Leib trommelten. Charlie spielte so gut wie schon lange nicht mehr. Schlag um Schlag; die ganze Bühne bebte. Sich gegenseitig anfeuernd und endlich in völliger Harmonie, nickte Danny Charlie zu und gab ihm damit das Zeichen zu einem letzten gigantischen Crescendo. Das Timing war perfekt. Und dann war es vorbei.

Doch die Stille hielt nicht lange an. Das Publikum begann zu jubeln und zu klatschen, stampfte mit den Füßen und schwenkte die Arme über dem Kopf. Niemand hatte je etwas Ähnliches gesehen oder gehört.

Die beiden Jungen saßen zusammengesunken auf ihren Hockern, die nass geschwitzten Haare klebten ihnen am Kopf.

Ein paar Sekunden lang blieben sie so sitzen, vor Erschöpfung vornübergebeugt. Dann hob Danny den Kopf und schaute Charlie an. Sie erhoben sich gleichzeitig, gingen zur Mitte der Bühne und verbeugten sich. Die Zuschauer begannen zu rasen. Auf einmal streckte Danny die Hand aus und alle sahen, wie Charlie sie langsam ergriff und schüttelte.

Danny hätte später nicht sagen können, wie er von der Bühne gekommen war. Der donnernde Applaus wollte und wollte nicht enden; die Schüler trommelten vor Begeisterung mit den Füßen auf den Boden, bis Judge Jim auf die Bühne trat und um Ruhe bat. Die Lichter im Zuschauerraum gingen an, das Konzert war vorbei.

Danny gratulierte gerade Chloe, Pop und Lolly zu ihren großartigen Beiträgen, als jemand neben ihn trat. Es war Charlie.

»Hey, ihr habt wahnsinnig toll gespielt«, sagte Chloe strahlend zu den beiden Jungen. »Super!«

Charlie nickte. »Danke«, sagte er.

Nachdem Chloe sich weggedreht hatte, sah Charlie Danny an.

»Sollen wir die Drumsticks tauschen?«, fragte er. Als er Danny zögern sah, fügte er zaghaft hinzu: »Du weißt schon, so ähnlich wie Fußballer, die nach dem Match ihre Trikots tauschen.«

Danny schaute auf seine Stöcke.

Ein Wunder, dass sie durchgehalten hatten. Die Spitze des einen Stocks war etwas verbogen und beide waren so angeschlagen und ausgefranst, dass sie fast nicht mehr zu gebrauchen waren.

»Na ja …« Achselzuckend zeigte er Charlie seine Stöcke. »Wenn du meine haben willst …«

Doch Charlie sagte betont forsch: »Quatsch, ich will *tauschen*. Deine gegen meine. Hier, nimm!«

Charlie hielt ihm ein Paar sehr teure, fast brandneue Sticks aus japanischer Eiche unter die Nase. Ungläubig starrte Danny zuerst die Stöcke an, dann Charlie, doch Charlie nickte.

»Auf, nimm schon.« Charlie errötete bis in die Haarwurzeln, als er Danny seine Stöcke in die Hand drückte. »Nimm! Sie sind für … du weißt schon.«

»Okay.« Danny nahm sie. »Danke.«

In diesem Moment schob Tara sich resolut durch das Heer der Umstehenden und gesellte sich zu den beiden Jungen.

»War echt cool, euer Auftritt«, sagte sie begeistert. Dann wandte sie sich an Charlie. »Auch mit uns hast du toll gespielt«, erklärte sie ihm. »Es hat unheimlich Spaß gemacht. Danke, dass du so gut gespielt hast.« Sie umarmte Charlie und drückte ihn kurz an sich.

Charlies Augen trafen die von Danny und die beiden Jungen grinsten. Tara war nicht gerade bekannt für überschwängliche Gesten. Die Euphorie des Konzerts musste sie mitgerissen haben.

Als Tara wieder weg war, räusperte Danny sich verlegen. »Ähm …«

Charlie zuckte nicht minder verlegen mit den Schultern. Dann lächelte er Danny etwas schief an. »Danke«, sagte er schließlich. »Es war echt gut … am Schluss.« Er zögerte. »Findest du nicht?«

»Doch, doch«, stimmte Danny zu. »Das Ende war superklasse! Wir sind förmlich abgehoben!«

»Wir sollten bald mal wieder zusammen spielen«, schlug Charlie vor.

»Ja«, antwortete Danny grinsend und umklammerte seine neuen Drumsticks. »Finde ich auch.«

Willst du auch Popstar werden?

Auf den nächsten Seiten erfährst du alles, was du wissen musst, um deinen großen Traum zu verwirklichen ...

So schaffst du es in der Musikbranche

Bist du voll und ganz davon überzeugt, Talent zu haben? Der Altstar der Musikszene, Judge Jim Henson, Leiter des Fachbereichs Rockmusik an der angesehenen Talentschmiede Rockley Park, hat seine besten Tipps für angehende Superstars hier zusammengefasst ...

Regel 1:

Sei optimistisch!
Du musst ganz fest an dich glauben!

Regel 2:

Werde aktiv! Tritt deinem Schulchor bei
oder gründe deine eigene Band.

Regel 3:

Heb deine persönlichen Stärken hervor! Hab keine
Scheu, vor einer Gruppe zu stehen.

Regel 4:

Sei ehrgeizig und entschlossen! Arbeite hart und verlier dein Ziel nie aus den Augen!

Regel 5:

Sei kreativ! Versuch, eigene Sachen zu schreiben – das beweist, dass du einzigartig bist.

Regel 6:

Hab Geduld! Gib nicht gleich auf, wenn du nicht alles über Nacht erreichst.

Regel 7:

Ergreife jede Gelegenheit, die sich dir bietet.

Regel 8:

Sei flexibel! Denk nicht in zu engen Bahnen – probiere neue Dinge aus und lerne so viel dazu wie möglich.

Regel 9:

Sei mit Leib und Seele dabei!
Hab keine Angst davor, bei einem Auftritt Gefühle zu zeigen.

Regel 10:

Halte Augen und Ohren stets offen.
Man kann ständig dazulernen.

Regel 11:

Sei hilfsbereit und hab ein offenes Ohr für andere.
Man kann von anderen viel lernen!

Regel 12:

Sei fleißig! Vernachlässige den regulären
Schulunterricht nicht.

Regel 13:

Sei cool und werde nicht eingebildet.
Jeder braucht gute Freunde, also halte sie dir warm!

Regel 14:

Bleib dir selbst treu!

Regel 15:

Und zu guter Letzt noch das Allerwichtigste:
Hab Spaß dabei!

Leg los!
Ab jetzt liegt es nur noch an dir ...

Bereit für die Fame-School

Band 1

Cindy Jefferies
Fame School –
Die große Chance
Ab 10 Jahren · 224 Seiten
ISBN 978-3-7817-0960-7

Chloe träumt davon, Popstar zu werden. Als sie von der Schule Rockley Park erfährt, auf der man neben dem normalen Unterricht auch Gesangsstunden erhält, ist sie völlig aus dem Häuschen. Das Musik-internat Rockley Park: das wäre Chloes große Chance, ihrem Traum ein Stück näherzukommen! Doch zuerst muss sie die Aufnahmeprüfung bestehen – und die ist gar nicht so einfach ...

KLOPP

Weitere Informationen unter: ***www.erika-klopp.de***